JN172024

夢見の占い師
楠 章子・作
トミイマサコ・絵

夢見の占い師

時は、明治のはじめ。徳川幕府がたおされ、新政府が生まれ……

都会では、文明開化の風がふきはじめていた。

西洋から入って来た文明。馬車に鉄道、ドレスにシルクハット、

ガス灯、レンガづくりの西洋建築、そして西洋医学。

西洋の薬が広がる一方、

草木などで薬を自由に作り自由に売ることは、しだいに規制されていく。

けれど、山奥や海辺の小さな村に、そんな風がふくのは、まだまだ先のこと。

医者もいない村に薬をとどける、行商の薬売り。

組合に属し、決められた土地をおとずれる薬売りとはちがい、

自由に旅を続けながら、薬をとどける者がいた。
彼(かれ)はみずから薬を作った。
それは、魔法(まほう)のようによくきき、たくさんの病(やま)いを治(なお)したという。

今はむかし……

知る人だけが知るまぼろしの薬売り。
彼(かれ)は孤独(こどく)な身の上であったが、
かたわらには、元気なひとりの少年がいたそうだ。
少年は薬売りの弟子(でし)。

ふたりは、ともに雨の名だったとか。

もくじ

野ざらしさま

海辺を、旅のふたりづれが歩いていた。

少年と細身の男。先を歩く少年は小さな、うしろの男は大きなふろしきづつみを背負っている。つつみの中身は、薬のつまった柳行李だ。

男は浜のやわらかい砂に足をとられ、歩きにくそうである。浜でひろった流木をつえがわりにしながら、何とか進む。

少年のほうは、砂浜になれているのか、うまく歩いている。

ひんやりとした潮風が、ふたりの髪をゆらす。

「なつかしいや、磯の香りだ」

少年は、つぶやいた。

そのつぶやきを聞いて、男はまだ早かっただろうかと思った。けれど、この子ならだいじょうぶと信じたのだ。

男の気持ちを感じとったかのように、少年はくるりとうしろをむき、にかっと笑った。そして、

「お師匠、おそいんだから。早く早くー」

と、せかす。

「はいはい。えらそうな弟子なんだから」

お師匠と呼ばれる男は、そうあわてるようすもなく、ゆっくり弟子の少年を追いかける。

めざす村は、もうそこだった。

そまつな作りのあばら家が見えてきた。どんよりくもった空のせいか、空と同じなまり色の海のせいか、村はどことなく暗く、さみしい雰囲気だった。


ここに来る前、ふたりは山の村にいた。

山から海を見おろしながら、男は少年にたずねたのだった。「つぎは、あちらのほうに行ってみましょうか?」と。少年は少し考えてから、「そうだね。薬を待ってる人が、きっといるもんね!」と、しっかり男の目を見てこたえた。

山の村人は、海辺のほうに行くことを、あまりすすめなかった。

「あそこらへんのもんは、むかしからよそものをきらうや」

とか、

「時代がかわって明治になったというのに、村だけのしきたりや秘密があるみたいだし。あやしいというか、不気味というか」

とか。

「そうですか。でも、まあ、何とかなると思います」

男は、おだやかにほほえんだ。

はじめておとずれる村で、いぶかしがられることには慣れている。けれど、ちゃんと説明すれば、しだいに受け入れてもらえるものだ。

「時雨さまと小雨ちゃんなら、あいつらも、心をゆるすかもしれないな」

村人は心配しつつも、とちの実のだんごを持たせ、送りだしてくれた。

天野時雨と弟子の小雨は、旅の薬売りだ。

時雨は売るだけでなく、草や虫、動物などを原料にして、みずから薬を作る。旅をしながら、新しい病いにであうこともあり、また新しい薬の材料を発見することもあった。

なじみの村をたずねるのはもちろん、おとずれたことのない村にも足をのばし、病いに苦しむ人たちに薬をとどけるのが、いつしかふたりの使命のようになっている。

さて、この海辺のさみしい村には、どんな病いに苦しむ人がいるのだろうか。

「こんにちは。薬売りでございます」

トントントン

時雨は、一軒のあばら家の戸をたたいた。あまり質のよくない材木を、かき集めて組み立てたような家、というより小屋だった。しかも長年潮風にさらされ、どこもかしこも傷んでいる。木がずれてすきま風が入ってきそうな場所や、朽ちて折(お)れてしまったりはがれてしまった場所には、とりあえずの補強(ほきょう)で、上から新しい木がうちつけられている。つぎはぎだらけは、まずしさのあらわれに思えた。

「こんにちは」

しばらく待ち、もう一度声をかけてみたが、返事はない。

「留守(るす)かあ。じゃ、あっちの家に行ってみよう！」

小雨(こさめ)は、小走りでとなりの家の前に行き、時雨(しぐれ)と同じように、戸をたたいた。

トントントン

「こんにちは。薬売りでございます」

「……」

返事はない。

何軒(なんけん)かまわってみたが、どこの家も反応(はんのう)はない。

「だれもいない……もしかして」

小雨(こさめ)は、どきっとした。

（はやり病いで、みんな死んでしまったんじゃ！）

しかし、かたっと小さな音が中から聞こえた。時雨はこまったなあという顔をした。

「いるみたい、なんですけどねえ」

「いるの!?」

小雨はおどろいて、大きな声を出した。すると……、
コトンッ
家の中から、音がした。

小雨の声にあわてて、かくれている人が、なにか落としたのだろう。

「開けておくれよ。おれたち、あやしい者じゃないよっ」

ドンドンドン
小雨は、戸をたたいた。

「子どもの声だや。知らんぷりは、かわーさえーじゃ」

「でも、おまえ、薬売りなんか」

「そうだけど」

中からのひそひそ声を聞いて、小雨は、さらにドンドンドンッ。戸をたたく。

「居留守なんて、ひどいよ。ねえ、開けておくれよっ」

ドンドンドンッ　ドンドンドンッ
「ひゃあ、やめてつかーさい！」

中の人も、さすがにこのままでは戸がこわれてしまうと思ったのか、やっと大きな声を出した。

ガタガタガタ
たてつけの悪い戸が開き、おそるおそる顔を出したのは、若い夫婦だった。

ふたりともよく日に焼けている。実に日ざしの強い海辺の村の人間らしい。

「はじめまして」

時雨は、ていねいにおじぎした。

「あら、まあ」

おくさんは、目をぱちくりさせている。

まさか美しい男がそこに立っているとは、予想外だったようだ。

だんなさんも、つい時雨の顔に見とれてしまったが、すぐに、横のおくさんをひじでついた。

「おいっ」

「やだ、あんた、やきもち?」

おくさんは、からから笑った。


もう日はくれかかっている。今から村をはなれては、夜道を歩いていかねばならず、野宿することになるだろう。今晩は冷えそうだし、子どもにはかわいそうだと、おくさんはだんなさんをときふせてくれた。

そうして時雨と小雨は、夫婦の家に一晩とめてもらうことになった。

「あたたまるよ」

と、おくさんは、魚と貝を汁にしてくれた。魚介からうまみの出た汁は、白くにごっていて、しっかりとした味だった。そして、ほんのり磯の香りがした。

「なつかしいなあ、うまいうまい」

あっという間に食べてしまった小雨に、おくさんはうれしそうに、もう一杯よそってくれた。

「潮汁をなつかしいって。あんた、海辺の生まれなのなー」

「うん」

小雨は、こくんとうなずいた。

小雨の顔がややくもったことに、おくさんは気づき、あえてそれ以上聞かなかった。

男をお師匠と呼び、薬を売りながら旅を続けているのは、事情があってのことだろうと思った。あまりよくない、たぶんつらい事情がと。

夜になると、気温はぐっとさがり、冷えてきた。

夫婦は、一組しかないふとんをかしてくれようとする。もちろん時雨はことわった。けれど、

「これぐらいなら、わたしらは、まだ平気。あんたらは、寒くてねーむれないよ。とくに子どもは、かわーさえーだや」

といわれ、小雨だけを強引にふとんに入れた。

「おれも、平気だよ。いらないよ」

小雨は意地をはっていたが、時雨がふとんの上から体をおさえると、いつの間にかスースー寝息を立てはじめた。

「つかれていたんだなーえ」

おくさんは、小雨の寝顔を、愛おしそうにながめている。

だんなさんは、にごり酒のかめを持ってきて、湯のみにとくとくそそぐ。そして、時雨に酒の入った湯のみをつきだした。

「のむか？」

「はい」

時雨は、湯のみを受けとった。

だんなさんは、だまって酒をのむ。つきあって、時雨もだまってのんだ。

やがて、小雨に添い寝していたおくさんが目を閉じたので、時雨は、ふとんをおくさんにもかけた。

そのうち酔いつぶれて、だんなさんもねむってしまった。

「うすくて、あまりあたたかくはないですが……」

時雨は、柳行李をつつむふろしきを広げて、だんなさんにかけ、やっと自分もむしろの上にごろんと横になった。

よく朝。だんなさんは、時雨がふろしきをかけてくれていたことをえらくよろこび、今晩はカニを食べさせてやると、漁に出ていった。

「ということは、もう一晩、とめてもらえるのかい？」

小雨の問いかけに、おくさんは目を細めてにっこりした。

「わあい」

小雨がよろこぶと、おくさんはもっと目を細めた。

時雨はふと、この夫婦には、子どもがいたのではないかと思った。しかし、それを聞くのはためらわれる。

なにか聞くのも、薬をすすめるのも、ここの人たちには慎重にしなくてはならない気がする。

むじゃきな小雨は、お礼のつもりで、

「どこか悪いところがあったら、いろいろあるからね」

と、柳行李をあけて、薬を見せている。

「おーきに。でも、この村に薬はいらないのや」

おくさんは、小雨の頭をなでた。

「どうして？　病気の人がひとりもいない村なんてないよ。病気になったら、薬を使えば楽になるんだから」

小雨はうったえた。

「平気なのや」

おくさんはニコニコして、また小雨の頭をなでた。

納得のいかない小雨は、いつものように薬を持って、一軒ずつまわってみようと、時雨をさそう。

「もう少し、ようすをみてからにしませんか」

時雨がいっても、小雨はきかない。

「さあ、行こう。お師匠」

と、薬の入った柳行李をふろしきにつつみだした。

「行ったって、むだですや」

おくさんは、きのどくそうな顔で時雨を見る。

「この村の人たちは、行商の薬なんて、あやしいものと思っているようですね」

時雨がたずねると、おくさんはうなずいた。

「みんな、薬にたよっていないだわな。薬は高いし、こんな小さな村じゃ、ほしいときすぐ手に入るもんじゃないし。薬を売ってる町までは、山をこえて行かなくちゃいけないんだからね」

「そういうところを、ぼくたちはまわっているんです。薬をおいていって、またなくなるころに来ます。それに、ぼくの薬はそんなに高くないですよ」

時雨は、よいしょっと小雨の用意したふろしきづつみを背負った。

「だよね！」

小雨は、はりきって戸を開けた。

きのうと同じようにしても、また居留守を使われるだけ。それならばと、時雨はふところから笛をとりだし、ふきはじめた。

ピールルル　ピーヒョロロ
ピーヒョロロ　ピールルル

それに合わせて、小雨がうたうようにことばをのせる。

「腰がいたいおばばさまには、養生黄湿布。
頭痛もちのおっかさまには、すっきり快適丸。
目がかすむじじさまには、猫目薬。
腹くだしの子どもには、十八草薬丸。
顔のふきでものになやむ娘さんには、別嬪塗薬。
何だか元気がないおとっさまには、長寿回復水」

ピールルル　ピーヒョロロ

美しい笛の音と元気な小雨の声にひかれ、閉まっていた戸が少し開いた。すきまから、村人たちがのぞいている。

「こんにちはっ」

すかさず小雨が、あいさつをする。が、ぴしゃっと戸は閉められてしまった。

ピールルル　ピーヒョロロ

ピーヒョロロ　ピールルル

時雨はあきらめずに笛をふき続け、小雨も声をかけまわった。

けれど、浜であそんでいた子どもたちまで、逃げていってしまう。これまでもなかなか受け入れてくれない村はあったが、ここまでとは。

「ふうー」

さすがの小雨も、ため息をついた。

「おしてもだめな場合は、ひいてみるのも手だと、わたしのお師匠はよくいっていました」

時雨は師匠、雷雨のことを思った。

あきらめるのではなく、しばしひいて待てば、開ける道があると教えられた。がむしゃらに前に進もうとするだけが方法ではない。

「……はい」

すっかり元気のなくなった小雨は、すなおに返事をした。

しかたない帰ろうか。ふたりはとぼとぼ歩きはじめた。

すると、おとなしそうな男の子がついてくる。

どうせまたあいさつすれば逃げてしまうのだろうと、小雨はほうっていた。が、ふり返ると、まだいる。

「ようっ」

小雨は、声をかけてみた。

男の子はびくっとして、立ち止まった。逃げてしまうのかと思いきや、

「笛、もう終わりかい」

と、いう。

「もっとふいてほしいの？」

小雨はうれしくなって、男の子に近よった。

「うん」

男の子は、はずかしそうにうつむく。

「気にいってくれたんですね。ありがとう」

時雨は松の木の下にあぐらをかいてすわり、ふたたび笛にくちびるをあてた。

男の子と小雨も木の下にすわり、笛の音色に耳をかたむけた。

ピールルル　ピーヒョロロ
ピーヒョロロ　ピールルル
男の子の名前は、海一といった。

小雨よりも、いくつか年下のようだ。

気の弱そうな海一を見ていると、小雨は、すぐ下の弟のことを思いだしてしまった。

なみだ病というはやり病いで死んでしまった弟も、おとなしい子だった。弟だけでなくほかの兄弟と親までも、小雨はなみだ病でなくしている。村は、そのはやり病いで全滅してしまった。

ひとりぼっちになってしまった小雨を、時雨がひろってくれた。そして小雨は時雨の弟子となり、旅を続けているのだ。

時雨の笛を静かに聞いている海一の体はきゃしゃで、とてもじょうぶそうには見えない。そんなところも、弟ににている。よくかぜをひいて熱を出していたし、腹の調子もくずしがちだった。

「この村の人たちは薬はいらないっていうけど、おまえもそうなのか？」

小雨は、ほんとうに海一のことが心配になった。

「……うん」

海一は、小さくうなずく。

「何にでもきく、秘密の薬でもあるんですか？」

笛をふくのをやめ、時雨もたずねる。

「……」

海一はこたえないが、おどおどしている。

「あるのかい!?」

小雨がしびれをきらして声を大きくすると、海一はおびえて下をむいてしまった。

「そうならいいんですよ。そんなすばらしい薬があるのなら」

時雨はやさしくいった。

もしほんとうにそんな薬が存在するなら、材料や作り方を教えてほしい。全国の人たちが、それですくわれるかもしれない。だが、これだけ警戒されているのだ。この村だけで守っていきたいものなのだろう。

やはり立ち入らないほうがいいのかもしれないと、時雨は思った。

海一がぼそっとつぶやいた。

「薬じゃないや……」

「え？」

時雨は、聞きかえしたが、海一はすくっと立ちあがると、ぱたぱたかけていってしまった。

「おーい、待てよー」

小雨が呼びとめたが、海一はふり返らない。

やっとつかめそうだった糸は、すぐにするりと手からはなれてしまった。

どんよりくもった空から、ぽつぽつと雨が落ちてきた。時雨は、ふろしきづつみをよいしょっと背負い、立ちあがった。

「あー、おなかすきましたね、カニ、楽しみだなあ」

「うんっ」

がんばって、小雨は作り笑いをした。


帰ると、だんなさんはすでに漁からもどってきていた。

「おかえりなさい。もうすぐできますからなー」

おくさんは、なべの中を木杓子でまぜている。なべからは、みそとカニのいいにおいがする。

「さあ、たくさん食べてくださいや」

だんなさんは、いろりの火でカニを焼いている。こちらからは、からのこげたこうばしいにおいがする。

「うわあ、うまそう」

カニの横には、カキもならんでいる。小雨は一気に元気が出てきた。

「これ、もう食べられるや」

だんなさんは、カキをひとつ皿にのせて、小雨にわたしてくれた。

「いっただきます」

小雨は遠慮せず、ジュージュー焼けたカキをほおばる。時雨のほうは、カキがどうしても苦手なので、カニだけ食べさせてもらった。

「こんなにうまいもん、食べられないとは、ほしーなーえ」

「ほしーなーえ？」

だんなさんのことばがわからなかった小雨が首をかしげていると、時雨が教えてくれた。

「もったいないという意味だと思いますよ」

「あはは、そうなんだ」

小雨が笑うと、だんなさんもおくさんも、うれしそうに目を細める。夫婦は、小雨のことがかわいくてしかたないようだ。

さらにだんなさんはお酒が入って、かなりごきげんになってきている。時雨もつきあっていくらかのんだが、深酒はしなかった。

さて、たらふく食べて、そろそろ寝ようかというころ。

小雨が気持ち悪いといって、食べたものをはき、便所にかけこんだ。

夫婦が心配するので、小雨は元気なふりをした。

「あんまりおいしかったから、食べすぎちまったのかな」

しかし、その顔はまっ青だ。

時雨はすぐに、腹くだしの薬、十八草薬丸を小雨にのませた。

薬をのむ小雨を、夫婦は見守っていたが、その後も小雨はゲーゲーはき続け、よろよろ便所にむかった。熱もあがってきたようで、苦しそうに息をしている。

ついに見かねただんなさんが、小雨をだきあげた。

「カキにあたったんだろう。カキはきついから、薬なんかじゃ、死んでしまうかもしれない！」

おくさんが、すばやくちょうちんの用意をする。

小雨をだいただんなさんは、それを片手に持つと、冷たい雨のふる中、かけだした。

「どこに行くんですか!?」

時雨は、呼びとめた。この村に医者はいないはずだ。ならば、町まで行くつもりなのか。弱っている小雨を寒さにさらしながら、山をこえて行くのは無茶だ。

追いかけようとする時雨に、ちょうちんを持ったおくさんが声をかけた。

「時雨さまも、どうぞついてきてください。野ざらしさまのところに行きます」

「はいっ」

時雨は急いで、わらじをはいた。

（野ざらしさま？）

それが何なのかわからなかったが、とにかく後を追う。
小雨をだいただんなさんは、丘をのぼっていく。
浜の村から丘の上には、ずっと長い階段がのびていて、
上には神社があるのだ。
旅から旅できたえられ、足腰の強い時雨だが、ハアハア
息があらくなるほど急で長い階段をのぼる。
だんなさんは小雨をだいているので、かなり苦しいはずだが、
休むことなく、一段一段のぼっていく。
二つのちょうちんの灯りが、丘の上の神社をめざす。
やっと上にたどりつくと、だんなさんはまっすぐに神社に入っていった。
「お守りさん、急病人です！」
お堂の中からあらわれたのは、くの字に腰の曲がった老人だ。
「かわーさえーだが、見ない顔だな。よそ者はだめだ」

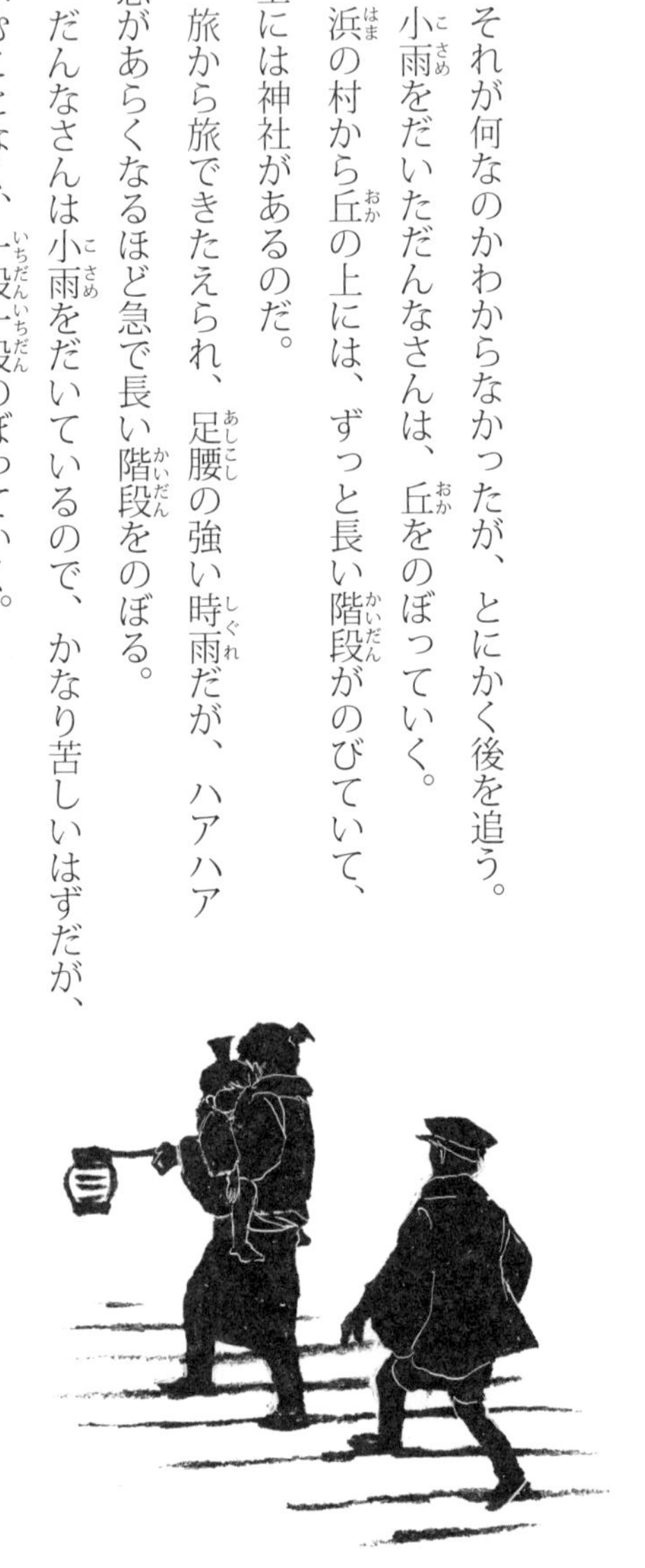

お守り(まも)さんと呼(よ)ばれる老人は、きびしい表情(ひょうじょう)になった。

「よそ者ですが、いい子なんです。おらがとってきて食わせたカキにあたってしまって。おらのせいなんです！」

「わかっておるだろう。野ざらしさまのことは、この村だけの秘密(ひみつ)だ」

お守り(まも)さんは、首をふった。

「たすけてやってください。息子もそうしたいと思っているはずです。野ざらしさまのお力を、どうかお願いします！」

だんなさんは床(ゆか)に頭をこすりつけ、必死(ひっし)にたのみこんだ。

小雨(こさめ)は青白い顔をして、ぐったりしている。

「うむ」

お守り(まも)さんは、ギロッと時雨(しぐれ)をにらんだ。それに気づき、だんなさんはいった。

「この人は、だいじょうぶです、悪い人じゃないです！」

それから、時雨に聞いた。

「野ざらしさまの秘密、ほかで話したりしねえよな、な？」

「ええ」

時雨は、しっかりとこたえた。

「ほら、だいじょうぶですから！　お願いします、たすけてやってください！」

だんなさんの声が、夜の闇にひびく。

お守りさんは、だんなさんの思いに気持ちがうごいたのか、

「……こちらへ」

と、お堂へ通してくれた。

ろうそくが灯されているが、お堂の中はうす暗く、時雨にはすぐにそれが見えなかった。

だんなさんは、小雨をそれの前につれて行き、

「さあ、これでよくなるからなー」

と、いう。
となりにいるおくさんは目を閉じ、懸命にそれに手を合わせている。
やがて、目が慣れてきて、時雨にもそれが見えてきた。
（！）
おどろきのあまり声が出そうになるのを、時雨はこらえた。
ろうそくの灯りの中にうかびあがったそれは、ひとつのしゃれこうべだった。
サルのものだろうか。しかし、サルのものにしては少し大きい気もした。
お守りさんは、両手のひらの上にのせたしゃれこうべを、小雨の腹にあてる。
「野ざらしさま、よろしくお願いします！」
だんなさんは手を合わせ、一心に祈る。
（この村の秘密の薬というのは、これだったのか……）
時雨の背すじに、ぞっと寒気が走った。

朝。浜辺のあばら家で横になっていた小雨の顔色は、だんだんよくなってきた。はき気もおさまり、熱もさがったようだ。

「ほんとうによかった」

おくさんはほっとして、手ぬぐいで目頭をおさえた。

「ああ、野ざらしさまのおかげだ」

だんなさんは、丘の上の神社の方向に深々とおじぎをした。

「ありがとうございます」

時雨も頭をさげたが、心の中では、野ざらしさまのおかげではなく、薬がきいたためだと思っていた。

薬がまんぞくに手に入らないこの村で、病いを治すためには、薬にかわるなにかが必要だったのだろう。

野ざらしさまをなでたり、体の悪いところにあてたりすることで、村人たちは楽になる。それは、野ざらしさまの力を信じているからで、実際に野ざらしさまに特別な力はないはずだ。

病いは気からというけれど、気の持ち方しだいで病いはよくなることがある。中には、治らないものもあるにちがいないが、野ざらしさまの力をもってしても治らなければ、あきらめがつくのかもしれない。

野ざらしさまは、村人の知恵と願いがたどりついたかたちなのだ。明治に入り、民間信仰は禁止され、消えていこうとしているようだ。だが、実際はそうではない。まだ根強く残っている。

時雨は、それを否定するつもりはない。薬にも限界はあり、治せない病いも多い。もしかしたら、薬よりも野ざらしさまを信じる力のほうが、たくさんの病いを治すかもしれない。治ると信じることで、体の中から自然と病いを治す力が、わいてくることもあるのだろう。薬がすべて正しいということはない。そんなことを考えながら、時雨は笛をふいた。

ピールルル　ピーヒョロロ
ピーヒョロロ　ピールルル

いつのまにか、海一がとなりにすわって、笛の音を聞いていた。

「小雨、元気になったんだな、よかった」

小さな声で、海一がつぶやく。

笛をふくのをやめて、時雨も小さな声でささやいた。

「野ざらしさまは、すごいね」

「そうだよ」

海一は、うれしいような悲しいような、複雑な顔をした。

時雨は、海一のその顔が気になったが、あまり深く考えることはしなかった。

四日後。小雨はすっかりよくなり、時雨は旅立つことにした。薬を必要としない村にいつまでいても、しかたがない。

小雨もそう思っているのだろう。薬をくばろうとは、もういいださない。

「この先も、あんたには、野ざらしさまのご利益があるからなー」

おくさんは、小雨の体を強くだきしめた。小雨は、おっかさんにだかれているような気がした。気持ちがよくて、目を閉じた。

「気をつけて」

だんなさんは、目にうっすら涙をうかべている。

数日だけのかかわりで、ここまで別れをおしむとは、やはりこの夫婦には子どもがいたのだろうと、時雨は確信した。

「あ、そうだ。海一にはあいさつしていきたいな」

ふと、小雨がいいだした。

「海一……」

その名前をきいて、夫婦の顔色がかわったことを、時雨は見のがさなかった。

「海一の家、どこですか？」

小雨は、むじゃきにたずねる。

「あ、ああ……あの……あの子は」

いいよどむおくさんをたすけるように、だんなさんがこたえる。

「海一は、野ざらしさまになるんだや」

時雨は耳をうたがった。

「どういうこと!?」

小雨がすぐに質問をかえす。

だんなさんはいいにくそうにしながらも、はっきり教えてくれた。

「野ざらしさまの霊力は、いつまでも続くもんじゃない。七年で新しい野ざらしさまに交代する。海一はこれから、雨風の力をかりて、野ざらしさまになっていくんだや」

「……」

時雨はことばをうしなってしまった。あれは、やはりサルのものではなかったのだ。まさか人間の、しかも子どもの頭蓋骨だったとは……。

頭のいい小雨が、それがどういうことなのか理解するのに、時間はかからなかった。

「そ、それって、海一を殺して、雨風にさらして、しゃれこうべにするってことだよね。そ、そんなの、ひどいよ！」

う、ううと、おくさんが泣きくずれる。

「……ひどくはない。野ざらしさまになれるのは、ありがたいことだや。みんなの役に立てる、りっぱなことだ。うちの息子も、よろこんでなった」

だんなさんは、小雨にというよりも、自分に納得させるようにいった。時雨はハッとした。

（あのしゃれこうべは、このご夫婦の息子さんのものだったのか！）

「ひどいよ！　おれ、納得できないよ。海一をたすける！」

小雨は、夫婦をぐっとにらみつけた。だんなさんがいう。

「もうおそい、海一は山の上の神社で、時間をかけて野ざらしさまになっていくんだや」

「ということは……」

時雨は目を閉じた。

「わあああーーーー！」

小雨はさけびながら、外にとびだしていった。

さらに泣きくずれる夫婦に、時雨はぼうしをぬぎ、

「いつか、野ざらしさまがいらなくなる日がくる、ぼくはそう信じています。お世話になりました」

と、きちんとおじぎをして、小雨の後を追った。

小雨は、海にむかってまださけんでいた。

「わあああーーーーー！」

小さな体いっぱいにかかえた怒りと悲しみを、爆発させていた。

時雨はわざとことばをかけず、小雨を見守る。

と、小雨がとつぜん、くるっとふり返った。

「お師匠、とむらいの笛、ふいてやっておくれ」

その声は、わなわなふるえている。

「ええ、わかりました」

時雨は、山の上の神社のほうをむいてふいた。

ピーロロロ　ピーロロロ
ピールルル　ピールルル

音色は、どんよりくもった灰色の空にすいこまれていく。

空からは、ちらちらと初雪が舞いおりてきた。

赤花の人たち

春になり、時雨と小雨のふたりづれは、南の地にやってきた。

太陽の光が力強くふりそそぎ、椎や樫などの木も、下に密生しているシダなどの葉も元気でいきおいがいい。

このあたりの植物には力があるからと、時雨は、イワショウコやナツコバコなど薬になる植物をとりながら、山道を歩く。

弟子の小雨も、時雨に教わりながら薬草とりを手つだう。

野山になにげなく生えている草花が、丸薬やぬり薬の材料になるなんて、時雨と出会うまで、小雨は知らなかった。時雨と旅をするようになってから、ずいぶん薬草の種類をおぼえた。それをどうすれば薬になるのか、煎じるのか貼るのか……またその効能なども教わっている。いつか自分も、りっぱな薬売りになりたいと思う。

お師匠の時雨も、子どもの時にひろわれて、薬のことを教わったということだ。

そして時雨は、旅をしながら教わったもの以上の薬を作ろうとしている。

ひとりでも多くの人を、病いからすくおうとしているお師匠を、小雨は心から尊敬している。

「あっ」

時雨が大きな声をあげた。薬になりそうなめずらしい草を見つけたのだろうか。時雨は直感で薬草をさがしだし、新しい薬にするための研究もしているのだ。

「使えそうかい？」

時雨が葉に鼻を近づけているのを見て、小雨はたずねた。

「これ、きざんで、めしにまぜるとおいしいんですよ」

「は？」

小雨はあきれた。

「独特のにおいがするのですが、このにおいがいいんです」

時雨はうれしそうに、葉のにおいをかぐ。

「はいはい、菜めしかい。でも、めしにありつくなんて無理だよね」

小雨はむじゃきなお師匠に、なかばあきれ気味である。

近くに村はまだなさそうだし、今晩も野宿になるのに、菜めしなど食べられるわけがない。

「だいじょうぶです、今晩はおいしいめしが食べられますよ。たっぷりこれを入れてもらいましょう」

時雨は自信満々で、にっこりほほえむ。

「どういうこと？」

小雨は首をかしげた。


どうやら時雨は、この山に来たことがあるらしく、村は近くのようだ。

しかし歩けば歩くほど、どんどん山奥へ入りこんでいく感じがするばかり。

「道、まちがってない？」

小雨は不安になってきた。

「まさか」

時雨はすずしげな顔をして、もくもくと先を行く。

今まで時雨が道をまちがうことは、ほとんどなかった。地図と方位磁石で確認しながらで、いつもちゃんとたどりつく。

「じゃ、いいんだけどさ」

小雨は信じてついていくしかない。時雨は草をふみながら進む。道らしきものはなく、しげみをわけ入っていく。

やがて木々の間に、石塔があらわれた。

つけもの石をつみあげたような、そぼくで小さな塔だ。

「え!?」

小雨がおどろいたのは、そこにまだ五歳ぐらいの女の子がいたことだった。

女の子はひとりぼっちで石塔のそばにしゃがみこみ、しくしく泣いている。

こんな山奥に女の子がひとりでいるなんて、きつねかたぬきが化けているのかも。旅のとちゅう、けものに化かされた話はいくつか聞いた。道をまよわされたり、食べ物をとられたり、命をとられそうになった人もいた。

（この子も、人間をたぶらかそうとしてるのかな）

小雨はうたがってみたが、泣いている顔はうそのようには見えなかった。

「ひとり？」

たずねると、女の子はこくんっとうなずく。

「山菜でもとりにきて、おっかさんとはぐれたのかい？」

また小雨がたずねると、女の子はさらにしくしく泣きだした。近づくと、赤い顔をしてしんどそうに見える。

「熱があるんじゃないか？」

小雨は、女の子にさらに近より、ひたいに手をあてようとした。

「近よったら、いかんちや」

女の子は逃げようとする。

「こわがらないでおくれよ」

小雨は、女の子に手をのばす。よく見ると、女の子の顔には、ぽつぽつと赤い斑点が出ている。

「やっぱり病気じゃないか！　おれたち、薬売りなんだ。おいでよ、薬をのんだら治るよ」

「きかんよ」

女の子は、あきらめたようにいう。

小雨の頭に、家族をうばったおそろしいはやり病いのことが、またうかんだ。

（まさかこの女の子も!?）

小雨は、うしろに立っている時雨のところにもどり、

「お師匠、きく薬あるよねっ。少し顔は赤いけど、治るよね！」

と、時雨のうでをつかんだ。

「ええ。とりあえず……」

時雨は、背負っていたふろしきづつみをおろし、柳行李を開けた。

ぎっしりつまった薬の中から、紙につつまれた粉薬をとりだす。

「これをのませてあげなさい」

「はいっ」

小雨は元気よく薬をうけとり、ふたたび女の子にかけよった。

「うつるき、近よったらいかんちや」

逃げようとする女の子に、時雨がやさしく声をかける。

「心配ご無用。安心して」

おだやかな時雨の表情にほっと安心したのか、熱のせいで気力がなかったのか、
女の子はもう逃げようとはしなかった。

「ほら、あーんして」

小雨は、粉薬をじょうずに女の子の口に入れ、竹筒の水をのませてやった。

女の子は薬をのむと、草の上に横になった。

「村は近くなんだよね。早くつれていってあげなくちゃ」

小雨は、今すぐに女の子をおんぶして行くつもりだった。けれど時雨は、「待ちましょう」などと、のんびりしたことをいう。

ふだんから時雨のこの調子にはイライラするが、さすがにきょうは、小雨のがまんも限界だ。こんなにつらそうな子にこれ以上は何もしないで、ただ待っているなんて。

「こんなところで、だれを待つのさ！」

「この子をすくってくれる人ですよ」

時雨は落ちついている。

「お師匠がすくうんだよね！」

小雨は声を大きくした。

「いいえ。残念ながら、この病いはぼくにはすくえません。体中に、赤い花がさいたような斑点があらわれている。まちがいなく赤花病でしょう」

手足や首すじにも、赤い斑点が出ている。赤花病は、なぜかこのあたりだけに出る病いで、高い熱と腹くだしのために発病から数週間で死にいたる。

小雨が、おそるおそるたずねる。

「はやり病いなのかい？」

すると、時雨はゆっくり首をふった。

「うつらないのですが、ここの人たちははやり病いのようなものだと思いこんでいて、こうしてここに……」

時雨がそれ以上話すのをやめた先を、小雨は聞かなくてもわかった。

ここにすてにくる……のだ。

「お師匠、さっき薬をのませたじゃないか。熱をさげて、あと腹くだしがおさまったらいいんだよねっ」

小雨は祈るような思いで、時雨を見た。

「さっきのんでもらった薬は、体を少し楽にしますが、病いを治すものではないのです。この子を治してくれるのは……」

ガサガサ　ガサガサ
しげみがゆれる。

ガサガサ　ガサガサ
しげみからあらわれたのは、首の短いずんぐりむっくりの男だった。

男は横たわっている女の子を見ると、やさしく声をかけた。

「小さな娘やか。待たせたな、はやなんちゃーないやき」

それから小雨と時雨に目をやり、えらくおどろいた顔をした。

「時雨さまがやいかね！」

「おひさしぶりです、三太さん」

時雨は頭をさげた。

三太というこの男と時雨は、知り合いのようだ。

「その子もなが？」

三太にたずねられて、時雨は小雨の頭をおさえた。

「いいえ。この子はぼくの弟子で小雨といいます」

「そうなが、かわいいお弟子さんができたが。小雨ちゃん、ちっと歩くけんど、しっかとついてきとおせよ」

三太は太いうでで、かるがると女の子をだきあげると、またしげみに入っていった。時雨と小雨も、そのあとについていく。

けものも通らないような、まるで道のないしげみの中を、三太は進んでいく。こんな山奥のどこにむかっているのか、小雨は聞くこともわすれて、ついていく。

いっこくも早く、女の子をすくってあげてほしいと願いながら。

そして、山道を歩きなれている時雨と小雨も息があがってきたころ、突如、村はあらわれた。

山の斜面に、はりつくようにしてある畑と数軒の家。山を切りくずしながら少しずつ整えたのだろうと思われるわずかに平らな土地が、段々になっている。そこに畑、家を作っている。村とはいえないほどの小さな集落だ。

暑い。汗がふきだしてくる。

日が高くなり、気温がまたあがった気がする。集落はもわっとした空気につつまれていた。

「あそこまで行くんやけど、小雨ちゃん、あとゆっくりついてきたらいいから」

三太は、斜面の上のほうの家を指さした。

「今も熊助さんが？」

時雨の問いに、三太は、

「はい、がんばりゆうよ」

と短くこたえながら、斜面をのぼりだした。

おさない女の子とはいえ、ずっとだいて歩くのはたいへんだろうに、三太は一度も休もうとしない。着物も髪も、汗でぐっしょりぬれている。

時雨も重い柳行李を背負い、おくれることなくあとに続く。

女の子はますます赤い顔をして、ふうふう苦しそうに息をしている。

「よしっ」

小雨は気合いを入れた。

正直なところ、道なき道を歩くのはきつく、大人たちの足についていくのはたいへんだった。

(ううう、がんばらなくちゃ)

小さな弟子は、必死についてくる。

「まったくもう」

時雨は小さくつぶやいた。小雨のがんばりは、いつもあきれるほどなのだ。

斜面の上の家では、熊助という男が待っていた。熊という名前がぴったりな大きな体で、口ひげをたくわえた若者だった。

「はやなんちゃーないやき」

三太と同じことばを、熊助も女の子にかけた。

方言はわからないが、もうだいじょうぶだよということだと小雨は思った。

熊助はふとんの上に女の子を寝かすと、おわんに入ったどろっとしたものを、木のさじで女の子の口にはこぶ。

女の子はわずかに口をひらき、何かの実をすりつぶしたようなそれをすすった。

「熊助さんは、ここの薬師なんだ」

時雨は、小雨に耳うちした。

「ふうん」

こんな小さな集落に、薬の知識のある人がいるなんて。小雨が感心していると、
三太が教えてくれた。

「小雨ちゃんと同じ、時雨さまの弟子ちや」

「弟子……」

小雨は、複雑な気持ちだ。

弟子とはいえ、小雨はまだ薬師とはとてもいえない。得意な帳簿づけはまかされているが、まだ薬のことは勉強中で、かんたんな手つだいしかさせてもらっていない。

熊助は、この集落の人たちに薬師としてたよりにされているようす。時雨にほかの弟子がいることを、小雨ははじめて知った。

「ここには、熊助さんのような人が必要ですからね。薬のことを教えてほしいといわれて、短い期間でしたが、ぼくはできるかぎりのことをお教えしました。みなさんのお役に立っているようですね」

時雨は、家の中を見わたす。

薬を作るための材料となる草や木の根、それをすりつぶしたりするための道具となる乳鉢や丸薬を作るための木型、薬の入ったかめやガラスびんなどがところせましとならんでいる。

薬のいろはを教えたのは時雨だが、熊助はずいぶんと自分で研究しているようだ。時雨も見たことのないような植物もある。

「半年ほど前に、不思議な旅の老人がこの村をおとずれたんぜよ。ここのことは、ふもとの村の者さえ知らんがに」

と、熊助は話しはじめた。

集落の者たちは、老人をあやしんだそうだ。

道にまよい、たまたまよいこんだようでもなく、その老人はここのことをちゃんと知っていて、たどりついたという感じだった。

なれた者でも息があがる山道を、老人はすずしい顔で歩いてきた。あきらかに、並の人間ではないようすに、この人は自分たちを始末しにきたのではと、みんなが思ったのだった。

しかし老人は、傷口が膿んでくさりかけていた男の足に、薬を作ってぬりこみ、

治してくれた。熊助ではどうにもならなかった傷が、みるみるきれいになったという。

「ほかにも、いろいろ教わっちゅう。こんなもんも材料になるが」

熊助は、たなから干からびた茶色いものを出してきた。干した虫らしい。

（その老人は、もしかして……）

時雨の頭に、ひとりの人物がうかびあがる。

おさない時雨をひろい、育ててくれたお師匠、薬のことも生きていくすべも教えてくれた恩人。ある日とつぜんに、置き手紙と漆ぬりの矢立てだけを残し、消えてしまった。そのお師匠をさがすのも、時雨の旅の目的なのである。

「その人の名前は、なんといいましたか？」

時雨は、たずねた。

「雷雨さまといいおったが」

（やはり！）

さがしもとめるお師匠は、ここに来ていたのだ。時雨の心はおどった。ほんのわずかでも雷雨に近づけた。足あとを見つけることができた。雷雨は今も生きていて、旅をしているのだ。

「お知り合いやったか!?」

熊助は、たいそうおどろいている。

「はい、まちがいなく、それはぼくのお師匠です」

心おどったのは一瞬で、会えなかったことがくやまれる。

熊助の話では、雷雨は元気そうであったということだ。

ひと月ほどここにとどまり、集落の者に薬をあたえたり、熊助にその薬のことを教えてくれたりした。

「そして、そのかわりにあの赤い実をわけてほしいと」

願い出を長老の時造がゆるし、雷雨は実のいくつかを干したり、蜜煮にしたりして、持っていったそうだ。

「あの実を……」

赤花病の者に食べさせるつもりだったのか。そのまま持ち帰るのではなく、干したり蜜煮にしたということは、食べさせたいのは遠くの者なのか。遠くで赤花病が出たのだろうか。

あれこれ考えていると、小雨が時雨のうでをゆすってきた。

「ねえ、この子、だいじょうぶなんだよね」

「ええ、もう安心ですよ」

女の子はスヤスヤとねむっている。

「はやなんちゃーないやき」

熊助は、またそういう。

「ほんとうに？」

時雨も治せない病いなのに、弟子が治せるのか、小雨はうたがっている。

「いらっしゃい」

時雨は、小雨を外につれだした。

暗い家の中から外に出ると、日ざしがよけいにきつく感じられ、まぶしい。ここは太陽がほかの土地よりもぐっと近い気がする。強い日の光が、ジリジリはだを焼く。

小雨はひたいに手をあて、空を見あげた。

時雨は家のうらにまわり、

「こっち、こっち」

と、呼ぶ。

「はーい」

小雨は、呼ばれるほうへ歩いていった。

家と同じ高さぐらいの木の下に、時雨は立っていた。

木には濃い緑の葉が生いしげり、赤い実がなっている。

「これが、あの子の、この村のみんなの命の実です」

時雨は、赤い実をひとつもいだ。

「命の実？」

小雨は、赤い実を見つめた。

実は赤んぼうのにぎりこぶしほどの大きさで、さわってみると、うれたスモモのようにやわらかい。雷雨が持っていったのも、これである。

「熊助さんがあの子にあたえたのは、これをつぶしたものです」

時雨は、小雨の手に赤い実をのせた。

「これで、あの子、治るの？」

「はい、きっと。あとは熊助さんにまかせましょう」

時雨の返事をきいて、小雨のはりつめていた心の糸がやっとゆるんだ。

こんな小さな果実ひとつで、おそろしい病いが治るとは信じられないような話だ。が、道ばたに生えている草でも、りっぱに薬になるものがある。何がどんな病いにきくかは、わからないものだと小雨は知っている。

「あいさつしたい人がいるんです。いっしょに来ますか？」

時雨にさそわれ、小雨はうなずいた。

集落は静かで、どこかさみしい空気がただよっている。

日ざしはポカポカとあたたかいのに、この冷たい感じは何なのだろう。人が少ないせいか。いや、それだけではない気がする。小雨はキョロキョロしながら、歩いた。すると、時雨が話しだした。

「ここにくらすのはみんな、赤花の人たちです。赤花病になり、村から追いだされた人たち。山奥のあの場所にすてられ、ひとりでさみしく死んでいった人もたくさんいたでしょう。けれど、ぐうぜんにあの赤い実を食べて治った人が出て、すてられた人をすくうようになりました。そして、仲間がひとりまたひとりとふえて、この集落ができました」

さみしい空気は、それでなのか。けれど治ったのなら、もどればいいのではと、小雨は思った。

「村の人たちは、赤花病は治らないと思っていますから。おそろしい病いの人を、ふたたび村に入れるなんて、ありえないんです」

小雨の心を見すかしたように、時雨はいった。

「そんなの、おかしいよ！」

小雨は納得がいかない。

「ええ、小雨の気持ちはわかりますよ」

時雨はこまった顔をした。

「ちゃんと治ってるのに、かくれてくらすなんて、おかしい、絶対おかしい！」

小雨は口をとがらせる。

ふたりのやりとりを、先ほどから聞いている者がいた。はげ頭の老人だ。

老人はセンダンの木の下で、その根っこにすわっていた。

「わはっはっはっは」

急に大声で笑いだした老人に気づいた時雨は、

「時造さん」

と、うれしそうに近よっていった。

「ずいぶんいさましいお弟子さんやき」

時造は、にこにこしている。

せまい集落ゆえ、何かあるとすぐに全員の知るところとなる。新しい赤花病の仲間のことも時雨と小雨のことも、時造はわかっていた。

さらに、時雨が自分のところにまずやってくるだろうと思い、センダンの木の下にすわっていたのだ。

「お元気そうで、よかった」

時雨は、時造の骨ばった手をにぎった。

「おかげさまで。まだ生きちゅうよ」

集落で最年長だという時造は、やせてはいるが足腰はじょうぶそうだ。時雨と小雨の先を、スタスタ歩く。

最年長ということは、そう、時造こそが赤い実をぐうぜん食べた人だった。

むかしから年に何人かが、赤花病になったそうだ。かならず死んでしまうのだから、みんながおそれるのも無理はない。けれど、神さまはちゃんと治すためのものを、この地にさずけてくださっていたわけである。

全国を歩いている時雨だが、あの赤い実はほかのどこでも見たことがない。

熊助の家にもどると、女の子は体をおこし、湯をのんでいた。

「名は、アユというそうぜよ」

熊助は、時造につげる。

「アユ、きょうからわれらが仲間ちや」

時造は顔をぐっと近づけ、アユの目をのぞきこんだ。

「……うん」

アユは、すなおにうなずいた。

「仲間じゃないよ。よくなったら、母さんや父さんのところに、兄弟のいる家に帰りたいよね」

小雨は、アユにつめよる。

「……う、うん」

アユはとまどいながら、またうなずいた。小雨はアユのためにいっているつもりだが、それがアユをよけいに悲しませている。

「小雨……」

時雨は、小雨の肩をおさえた。


集落の人たちは、熊助がいるおかげで、時雨の薬をそれほど必要とはしていない。

人の数も少ないので、薬をくばる仕事はすぐにすんでしまった。

しかし時雨は、薬になる草や木の根などをあつめたり、熊助に薬のことを教えたり教えてもらったり。なかなかいそがしい。

小雨はいつもの「腰がいたいおばばさまには、養生黄湿布。頭痛もちのおっかさまには」とまわれなくて、たいくつしている……かというとそんなことはなく、子どもたちと仲よくあそんでいる。

集落に子どもは三人。スズ、馬助、ハツだ。

「今度は、小雨が鬼やきっ」

スズがきめると、馬助とハツはキャッキャいいながら、逃げる。

スズが一番年上で十二歳、馬助は小雨と同じで十一歳、ハツはまだ五歳だ。

「ハツ、そこはじき見つかってしまうよ」

赤い実のなる木のかげにかくれようとしたハツの手を、馬助がひっぱる。

「ほら、あそこがいいよ」

スズは、大きな桶を指さした。

「うんっ」

ハツは返事をして、かけていく。

「いち、にー、さん、しー」

小雨は両手で目をかくして、数をかぞえる。

ハツがうまくかくれてから、スズと馬助は、自分たちがかくれるところをさがす。

スズと馬助はアユのように、村からきた子だが、ハツはここで生まれた子だ。

ハツが生まれた日、集落全員がなみだを流した。命はすくわれてもすてられた身、ここで生きていくことに希望を見いだせなかったみんなは、おぎゃーと産声をあげたハツに未来を感じた。

「ごー、ろく、ひち、はち」

小雨は、ゆっくり大きな声でかぞえる。

スズは農具のしまってある小屋のうら、馬助は草むらにかくれた。

「くー、とう」

小雨(こさめ)ははりきって、目をおおっていた手をはずし、ふり返った。

「うわあ！」

たまげた。すぐうしろに、アユが立っていたのだ。

「うちも、まぜて」

アユは、顔をクシャクシャにして笑う。

「もういいのか⁉」

小雨(こさめ)は興奮(こうふん)して、アユのほほにふれた。赤い斑点(はんてん)はきれいに消えている。熱(ねつ)もなさそうだ。

「アユ姉やん！」

桶(おけ)から、ハツがとびだしてきた。

「アユ、よかったなあ！」

　スズも馬助もたまらず出てきて、アユにだきついた。

「何だい、みんな。これじゃ、鬼のお役目ができないじゃないか」

　小雨が文句をいうと、スズがアユのうでをひっぱって、走りだした。

「つぎも小雨が鬼やきっ」

「えー」

　小雨はいやそうにしつつも、すぐ目をかくして、かぞえはじめる。

「いち、に、さん、し」

「どこがいい？」

「どうしよう、どうしよう」

「あそこ、どう」

いつもは三人しかいないのに、きょうは五人もいるのだから、馬助もスズもハツも、楽しくてしかたがない。

「アユ、ここ、ここ」

おろおろしているアユに、ハツが手まねきする。ハツは生まれてはじめて、同じ年の友だちができたことになる。

「ごー、ろく、ひち、はち」

アユはハツといっしょに、熊助の家のわきにつまれた薪のかげにかくれた。

「く、とう」

小雨がさがしはじめると、アユとハツはギュッと手をにぎりあった。

見つかるかもしれないどきどきを、ふたりでたえる。

そのとき、熊助の家の中から、ボソボソと話し声がもれてきた。

「……アユも村に帰れんことは、わかっちゅうようだし」

「……ああ、最初(さいしょ)はつらいかもしれんが、そのうちなれてくるろう」

「そうですねえ、ほかの子どもたちもいることですし」

みるみるアユの顔が、こわばっていく。

「う、うち」

アユは、なにかいいたそうにしている。

「アユ……」

ハツはアユの変化(へんか)に気づき、手を強くにぎりなおした。

「うち、帰りたい」

ふりしぼるように、アユがいった。

「帰るってどこに？」

集落の外に村があるなんて、考えたこともないハツはキョトンとしている。アユは泣きべそをかきながら、こたえる。

「家、うちの家。おかやーんとおとやーん」

ハツの知っているかぎり、外から来た人はふたり。アユで三人めだ。

前のふたりは、今でもここでくらしている。だから、アユも当然、このままいるのだとハツは思っていた。

「アユ、家に帰るの？」

おそるおそるたずねると、アユはますます泣くばかり。

「帰りたいよー」

うわあと泣きさけぶアユの声を聞いて、熊助と時造、時雨が、家からとびだしてきた。

「アユ！」

小雨たちも、またかくれんぼどころじゃなくなり、かけつけた。

アユは、はげしく泣きじゃくる。

「ねえ、お師匠。つれていってあげようよっ」

小雨は時雨の体をゆする。

「……」

時雨は目を閉じた。子どもたちは、じっと大人たちを見ている。

しばらく沈黙があり、熊助がもそっと口を開いた。

「……もどっても、石を投げられるだけやき。おとやんもおかやんも、兄弟たちも、家にゃあ入れてくれんろう。よけい悲しいことになる」

「そんなのわからないじゃないかっ」

と、小雨は返した。

時雨は、小雨のこういうまっすぐさを、わが弟子ながらすごいと思う。

決してできないと決めてしまわない。多くがあきらめても、投げださない。弟子がこんなにがんばろうとしているのに、師匠がほうっておくわけにはいかない。

「赤花病のことを、ぼくなりに、村の人たちに説明してみます。そもそもうつらない病いだと、信じてもらえれば……」

「あまいですよ、時雨さま。赤花病になったとき、わしらがどれほどつらい思いをしたか」

熊助は、すてられたときのことを思いだす。

まよっているひまもなく、家族は病人をすてにいかなくてはならない。早くしなければ、家族全員に、いや村人全員に病いが広がってしまうといわれた。

山奥のあの場所に、熊助をつれていったのは、上の兄やんだった。

兄やんは、ひとこと「すまん」といって、逃げるように山を下りていった。

スズも馬助も、熊助のいうとおりだと思う。自分たちも帰りたかったけれど、帰らなかった。アユもここにいるしかない。

(やはり、あまいのだろうか)

時雨の心はゆれる。村人に信じてもらえる自信はない。もし信じてもらえないままだったら、アユは二度すてられることになってしまう。

しかし、時造がまさかのひとことをいった。

「行ってみてもええかもしれんな」

「え⁉」

みんなが耳をうたがった。

「行ってみぃーや。ほき、いかんじゃったら、もどってきたらええ。わっはっはっ」

時造は、明るく笑った。

長老のことばに、村人たちは考えた。もしかしたら受け入れてもらえるかもしれない。そうなれば、どんなにいいか。

「行ってみるか」

ひとりがいいだすと、

「うん。いかんじゃったら、もどってこい」

「よしっ、行ってみぃーや」

ほかの者も賛成しだした。

「わかった、行ってきーや」

熊助も、しぶしぶ納得した。

小雨とアユは、手をとりあってとびはねた。

帰る朝は、熊助が菜めしをたいてくれた。

「おいしい、おいしい」

時雨はたらふく食べた上、残りをにぎりめしにしてもらって、ごきげんだ。

「お師匠は、かわらずのんきでうらやましいよ」

小雨は、きのうの夜ねむれなかった。村人は信じてくれるだろうか、もしアユが傷つくことになったら……。

帰ってみなければわからないとさけんだものの、よくないことも考えてしまう。アユも口数が少ない。菜めしもあまり食べなかった。村へ行けるのはうれしいが、追い返されるかもしれないことを、おさないながらにわかっている。

きのうはふたりとも、とびはねていたのに……。

「小雨、おまえが元気じゃなくて、どうするんですか！」

暗い顔の小雨に、時雨が活をいれる。

小雨は、ハッとした。

(そうだ、元気、元気!)

そうして、すぐにせいいっぱい元気なふりをして見せた。

「やっとアユがもどれるのかと思うと、わくわくして、あまりねむれなかったんだよ。ねむくて、ぼんやりしてただけさ!」

「こりゃー、いせいのいいことやき。同じ弟子としては、見習わのうては」

熊助はそういいながら、竹皮につつんだにぎりめしを、時雨にわたした。

石塔のあるところまでは、三太が送ってくれた。

あそこまで毎日行くのが、三太の仕事である。すてられた人を助けるために、雨の日も風の日も休んだことはない。

「この石塔は、村人が作ったもんやか。ひとりすてるたびに、ひとつ石をつんで。死んでいくもんへの供養のつもりやき」

三太は石塔に、そっとふれる。

すてる側も、心が痛いのだ。石塔はそのあかし。ほんとうはすてたくなんかないだろうし、もどってくれれば、受け入れたい気持ちはあると信じたい。

ここにすてた人がもしかしたら山奥で生きていてくれれば……とひそかに願っているかもしれない。

「おっかさんは、きっとよろこんでくれるよ」

小雨は力強く、アユの手をにぎる。

「うん」

アユはうなずいた。

「アユが村に受け入れてもらえたら、集落もみんなも帰れるかもしれませんね。赤い実のことを信じてもらえれば、すてられる人もいなくなるかも」

「そうなればええですねえ」

三太は、小さく笑った。

「きっとそうなるよ、楽しみにしててよ！」

小雨が手をふる。

「日がくれるまで、ここにおるからな」

村へむかう三人に、三太が手をふる。ありがとうという気持ちをこめつつ、さようならという思いで。

三人も手をふり返した。さあ、村はすぐそこだ。

さるお方

このところ、時雨はよくお師匠である雷雨の夢を見る。

夢の中のお師匠はさらに年をとり、胸を苦しそうにおさえるのだった。

「だいじょうぶですか⁉」

時雨が近づこうとすると、雷雨はきびしい表情になる。

「まだ死ねぬ身じゃ、案ずるでない」

時雨は、心臓にきくかもしれない薬を柳行李から出そうとする。

旅をしながら、見つけた材料で作ってみたものだ。

「のんでみてください！」

わたそうとしたら、雷雨はけむりのように、すうーっと消えてしまった。

「ああ……」

目がさめると、いやな汗をかいていた。

むし暑い夏の夜。

今夜の寝床としてえらんだ岩かげにしいたござの上で、時雨は、一字一句おぼえている雷雨の置き手紙を思いだす。

時雨よ。うすうすは気づいておったかもしれぬが、わしは、わけあって山に身をかくす忍び。忍びには主があり、主からの命令にしたがって生きておる。時がきたのだ。行かねばならぬ。わしはおまえに多くのことをさずけた。もうおまえは、ひとりで生きていける。自由に生きよ。ただ日々精進することはわすれず、自分がなんのために生きるか考えよ。いつかまた、会える日もくるだろう。そのときまで、元気でな。

年老いた雷雨は、忍びとの縁を切るために、山に身をかくしていたのではないかと時雨は思う。

願わくばそのままひっそりとくらし続け、おだやかに死をむかえるつもりであったのではと。

しかしさがしだされ、ふたたび主のためにはたらくことになった。老体にむちうち、雷雨はだれのために、なにをしようとしているのか。

となりのござの上で、小雨はよくねむっている。

ひとりで続けるつもりの旅だったが、縁あって、みなしごとなった小雨を弟子とした。

ふと雷雨のことを思いだしたこんな夜には、そばに小さな弟子がいることにすくわれる。

うっすら明るくなってきた東の空をながめながら、時雨はふたたび、うつらうつらしはじめた。

時雨が寝息を立てはじめたのを見計らって、黒い影が三つ。時雨と小雨に近づく。ねらいは小雨だった。

(!)

気配に気づいた小雨は声をあげようとした。が、すばやく影のひとつに口をふさがれ、ひとつに頭を、ひとつに足を持ちあげられた。ふさがれた口にあてられた布から草をいぶしたようなにおいがし、それをすいこんだ小雨はスーッと意識をうしなってしまった。

目がさめそうになると、また草のいぶしたようなにおいをかがされ、小雨は完全に目ざめないままはこばれた。

夢うつつの中で、小雨もお師匠の夢を見ていた。小雨のお師匠は、雷雨でなく時雨だ。時雨に命をたすけられたときのことは、今でもくりかえし見る夢だった。

小雨がまだナギという名前だったとき、村がなみだ病というはやり病いにおそわれた。運がいいのか、生命力が強いのか、なみだ病からただひとり生き残った小雨を、奇跡の子どもとし、その内臓は万病にきく薬になると信じる者がいる。ナギが内臓をねらう悪者たちにおそわれ、あやうく殺されそうになっていたところを時雨がすくってくれた。そして家族をうしない、ひとりぼっちのナギは、旅

の薬売り時雨の弟子になり、小雨という名前をもらったのだ。

今、ねむらせた小雨をはこんでいるのも、同じ目的の者たちなのだろうか。

明け方。

時雨が目をあけたときには、小雨のすがたは消えていた。

「小雨?」

用をたしにおきたのだろうかと、時雨は思った。

しかし、しばらくしてももどってこない。これはおかしいと、おきあがって、あたりをさがしてみる。

「小雨ー、小雨ー」

どこにも小雨の気配はない。

「まさか!」

奇跡の子どもの内臓をねらう者たちが、またあらわれたのか!

（ああ、どうして、気がつかなかったのだろう！）

時雨（しぐれ）は、自分をせめた。

まだ遠くまで行っていないことを祈（いの）り、すぐに荷（に）づくりをして、山をおりることにした。

（どうか生きていておくれ！）

奥歯（おくば）をかみしめながら、小雨（こさめ）の荷物と柳行李（やなぎごうり）をふろしきにつつんだ。

いつもはのんびり、たらたらと歩く時雨（しぐれ）だが、その足どりはおどろくほど速い。

休むことなく山をくだる。

山をくだるのが正しいことなのかわからない。けれど、じっとしていることなんてできない。

やがて、雨がふりはじめた。

雨やどりをしているひまなどない。時雨（しぐれ）は雨にうたれながら、ひたすら歩く。

しだいに雨は、地面にたたきつけるようにふりはじめた。

山道には、たちまちのうちにぬかるみができた。

「あっ！」

ぬかるみに足をとられ、時雨はずるずると斜面をすべり落ちていく。

「ああああ！」

とちゅうで止まろうとしたが、ずいぶん下まで落ちてしまった。

（いけない、早く山をおりなければ！）

時雨は、泥だらけになった体をおこそうとした。

「痛！」

足にはげしい痛みを感じる。どうやらくじいてしまったようだ。

「万事休すかっ」

時雨はこぶしをにぎりしめ、思いきり地面をたたいた。

一刻も早く小雨をさがしだしたいのに、よけいに時間をとるようなことになってしまった。滝のような雨にうたれながら、いつもはおだやかな時雨がくやしさに身をふるわせた。

「急いては事をしそんじると、教えたはずじゃが」

頭の上から、声がした。

「え⁉」

時雨は耳をうたがった。

低くしゃがれた声。

声の主ともうひとりが、時雨がすべり落ちた山道を、さささささっと軽やかにおりてくる。もうひとりは、体の大きな女だ。

「まだ一人前とは、いいがたいな」

「お師匠……」

時雨はあまりに突然のことに、か細い声しかでなかった。

白いひげをたくわえた仙人のような顔。

それはまぎれもなく、時雨の師、雷雨だった。

「すまんな、たのむぞ」

雷雨がいうと、かたわらの女はうなずき、

「さあ」

と、時雨に手をさしのべた。

これは、また夢なのだろうか……夏とはいえ冷たい雨にうたれながら、時雨は思った。


香をたいているのか、さわやかなよい香りがする。

何度もかがされた草をいぶしたようなあのにおいは、とがったいやなにおいだったが、このさわやかなにおいは、なんとすがすがしいのだろう。

小雨は、重いまぶたを開いた。

「お目ざめやな」

男が小雨の顔をのぞきこんでいる。

「おい、頭領を呼んでこい」

男が若い男につげる。

「はいっ」

若い男は走っていった。

まわりに何人いるのだろうか、この人たちは何者なのだろうか。

ここはどこなのだろうか。ふとんをかけられてはいるが、ひんやりしている。

首をうごかして確認すると、御簾にかこまれた部屋で、自分は寝かされているというのがわかった。部屋には畳がしかれている。窓はなく日の光はさしこんでこないが、ろうそくが何本も灯っているので、暗さはさほど感じない。どこかのお屋敷だろうか。

とにかく、もう夢の中ではなさそうだ。

（おれ、生きてるんだ……どうにかしてお師匠のところに帰らなくちゃ）

おきあがろうとした小雨の体を、男がおさえた。

「まだゆうこときかんはずや、ねむり草がきいとるからな」

「でも」

殺されるかもしれないという恐怖を目にうかべた小雨のおでこを、男はごつい手でポンッとはたいた。

「安心したらええ。頭領の命令で、おまえは大事にあずかることになっとる」

信じていいのかわからないが、体は男のいうとおりずしりと重く、思うようにうごかない。

「あら、目がさめたのね」

女の人のやさしい声がした。

「まだ何をするかわかりませんから、近よってはいけません」

男がいう。

「嵐から、害のない子どもだと聞いています」

女の人は、白い手でスッと御簾を持ちあげ、中に入ってきた。

あらわれた人を見て、小雨は息をのんだ。

髪はすきとおるような銀色で、畳の上を流れるほど長く、はだはまっ白、瞳はつゆ草の花のような青色である。まるでこの世の者とは思えぬ美しさ。天女というのは、このような人のことをいうのではないかと、小雨は思った。あさぎ色の絹の着物を着ている。絹の着物はやわらかそうで、ツヤツヤしていた。庶民には手のとどかない着物だ。

「こんにちは。わたしはユキよ。あなたの名は？」

天女は、すべてを見透かすような目で小雨を見つめる。まゆ毛もまつ毛も銀色だ。

「小雨」

こたえると、天女、いやユキはほほえんだ。

「かわいいお客さま、どうぞよろしく」

そのころ、足をくじいた時雨は、背負われて山をおりていた。

時雨を背負っているのは、雷雨といっしょにあらわれた体の大きな女である。

「ユウは村一番の力持ちじゃ。男が三人がかりでかかっても負けぬ」

雷雨に紹介されたユウは、ガハハハと豪快に笑った。

「こんなことになってるのやないかと、雷雨さまは心配されていたんですよ。おともしてきて、よかったあ」

「どういうことです!?　では、弟子の小雨がいなくなったことも、ごぞんじだったのですか」

ユウの背中から、時雨はたずねた。

「くわしくは、宿で話そう」

雷雨は、短くこたえた。

宿となる山のふもとの家では、ユウの妹のサワがめしの用意をしてまっていた。

サワのほうは、娘らしいきゃしゃな体をしている。

「おかえりなさい。あらまあ、ずぶぬれで、おまけにうしろの人は、泥までついて」

サワは、てぬぐいと新しい着物を、雷雨とユウにわたした。そして時雨には、むこうに流れる小川を指さした。

「少し歩けるなら、まず泥を流してきますか?」

「ああ、はい」

時雨は、少しとまどった。

「だいじょうぶですよ。この時間、あの場所にはだれもきません。安心して水あびしてください」

ユウが、時雨の耳もとでそっとささやいた。

「そ、そうですか、では」

時雨はどきっとして、ユウの顔を見た。

「着がえも、ちゃんと用意してありますから」

ユウは、サワが用意した男物の着物を時雨にわたした。

雨はすっかりあがり、雲の間からギラギラした太陽がのぞいている。

時雨は痛いほうの足をかばいながら、ゆっくり小川にむかった。

そして泥でよごれた服をぬぎ、川に入ると、自分の白いはだをなでた。

「ここでは、かくすことはないのだな」

ユウは、背負ったときに気づいたか。サワは、雷雨から聞いたのだろう。

時雨は、女である。雷雨と出会うまでは、女の子として生きてきた。

おさない女の子をひろった雷雨は、その子を自らの弟子とし、男の子として育てることにしたのだ。

おさないみなしごは、男の子になることに抵抗しなかった。これから強く生きていくためには、男であるほうがいいと思った。

雷雨が去り、ひとりで旅に出ることにしたときも、女にもどるよりは男のすがたのままでと決めた。

安全が第一であるし、今の自分には女のすがたよりも男のすがたのほうがしっくりとくる。

わざわざ知らせることもないかと、小雨もだましたままでいる。

時雨は、水の中の胸に目をやった。ふだんは、さらしを巻いてかくしている。これまで女であることを消すのが、当たり前だった。

ここではかくさなくていいとはいえ、用意されていた着物が、男物でほっとする。

川からあがると、てぬぐい一枚で体をふき、もう一枚のてぬぐいをさらしのかわりにして胸をおさえ、着物をはおった。

宿にもどると、サワがめしのしたくをしてくれていた。

「早めの夕食やけど、きょうはおつかれでしょうから。食べたら、ゆっくりねむってくださいね」

サワは、たきたてのめしを茶わんによそう。

時雨の腹は、めしのいいにおいにぐうーとなった。

思えば今朝からなにも食べていない。小雨のことを案じ、必死に山道を歩いてきた。

膳には青菜のみそ汁、こんがり焼けた川魚、酒の入ったとっくりまでのっている。

すぐに口にはこびたい。でもめしをのんびり食べている間に、小雨の命が失われてしまうかもしれないのだ。

「ぼくは、弟子をさがしているのです。ゆっくり夕食をいただくわけには」

時雨が膳の前に立ったままでいると、雷雨は自分のとなりに手まねきした。

「まあ、来い」

お師匠のことばに逆らうわけにはいかず、時雨は膳の前にすわった。

「小雨のことを、ごぞんじなのですか？」

たまらずたずねる時雨に、雷雨はとっくりを持ちあげ、酒をすすめる。

時雨はしかたなくさかずきを手にとった。

「おまえの大事な弟子は、とあるところにおる。手ちがいで仲間がとらえてしまったが、無事じゃ。安心せい」

雷雨は、時雨のさかずきに酒をそそいだ。

(ああ、よかった)

時雨は心の底から、そう思った。

「まあ、のめ」

雷雨にいわれて、時雨はさかずきに口をつけた。酒を一気にのみ、質問する。

「とあるところとは、どこですか?」

ききたいことは、たくさんある。ありすぎる。

「われらのかくれ里じゃ」

「われら、というと……」

「忍びのかくれ里じゃ。そこにおまえの弟子はおる。奇跡の子どもを手に入れたと知らせが入り、すぐにあの子だとわかった。決して殺すな、こわい思いもさせるなと命じてあるから、安心しなさい」

サワが、めしの入った茶わんを膳(ぜん)にのせてくれた。

「前に、忍(しの)びくずれにおそわれたことがありますが、あいつらは小雨(こさめ)を高く売ろうとしていた、金めあてでした。忍(しの)びのお仲間(なかま)は、あのようないやしい者たちではないでしょう。なぜ、小雨(こさめ)を」

安心しなさいといわれたが、時雨(しぐれ)はまだはしを持つ気になれない。

「さるお方のためじゃ。われらは、そのお方のお命をつなぐため、薬となるものをさがしまわっておる。さるお方は、われらが主(あるじ)には必要(ひつよう)なお方」

「主(あるじ)というのは……」

「まあ、おいおい語ろう。さ、そろそろいただこうではないか。うまそうなにおいじゃ」

雷雨(らいう)は、ほんわり湯気の立つみそ汁(しる)のわんに、鼻を近づけた。

「はい」

今はこれ以上は聞けないのだとさとり、時雨も、めしの入った茶わんに手をそえた。

忍びにはかならず主があるという。主のために情報を集め、戦い、もとめるものを用意する、それが忍びなのだ。戦国の世が終わり、江戸になってからもひそかに忍者をやとう大名は多いようだった。そして徳川幕府がたおされ、明治の世になった今も、忍びは変わらず主のためにうごいている。

主にとって必要なさるお方のお命をつなぐため……それが雷雨が時雨のもとからすがたを消したわけなのだった。

そのお方は、さぞむずかしい病いなのだろう、雷雨でさえも治せないほどの。

旅先で何度かすれちがい、あの赤花の村にもあらわれていたのは、薬となるものをさがしていたからだったとは。

「薬となるものは、まだ見つからないのですか」

問うと、雷雨はけわしい表情をした。

時雨はふたたびはしをおいて、背すじをのばした。

「どうか、その方に会わせてください。旅をしながら、きょうまでぼくなりに、新しい薬のことを研究してきました。お役に立てるかもしれません」

申し出をうけた雷雨は、さかずきをおき、頭をさげた。

「おまえを、こちらの世界にまきこみたくはなかった。しかし、もう万策つきてしまってのう……たのむ」

「雷雨さま、おやめくださいっ」

時雨はおどろいてしまった。まさか雷雨に頭をさげられる日が来るとは。

老体にむちうって、雷雨が命をすくわなくてはならない人とは、一体だれなのだろうか。今は話すまいといわれたが、会わせてもらえるのなら、その素性はどうでもいい。もし自分に治すことができたら、雷雨はもう無理をしなくていいはずだ。

「精一杯のことをさせていただきます。あ、そうだ、これを」

いつかかならず手わたそうと思い、革ぶくろに入れて胸もとにしまっていた薬を、時雨は雷雨にわたした。

「何じゃ」

「胸が苦しくなったら、一粒、口にふくんでみてください。雷雨さまのために作ってみた薬です」

「ほう。材料は？」

「まず……」

雷雨の質問に、時雨はてきぱきと答えた。

夕食を食べながらも、質問は続いた。

「料理を味わうどころやないですね」

サワが苦笑いしている。

「あ、いえ、みそ汁、とてもおいしかったです」

時雨は、からのおわんを見せた。

「ありがとうございます。みそ汁をほめてもらうなんて、ひさしぶり。亡くなった夫は、よくほめてくれてたんけどねえ」

サワはうれしそうに、ほほを桃色にそめた。

すると、ユウがしゃべりはじめた。

「わたしとサワの夫は、〝草〟やったんですよ。忍びということはかくして、この村でくらしていました。わたしとサワは、同じころ結婚したんです。あとでわかったことですけど、それは夫どうしの計画やったの」

草というのは、忍びであることをかくし、くらしている者のことだ。草は、ひそかに情報を集めたり、その地をおとずれた忍びの仲間をたすけたりする。

「夫婦になってから、そのことを知ったんです。わたしは、姉さんがいたから、秘密を守ってこれました。夫どうしは、そうなるようにと思って、姉妹と結婚したようです。ほんまにびっくりしてまうでしょ。わたしたち、あの人らにえらばれて、利用されたの」

そういいながらサワは、からから笑った。

「えらばれて、利用……」

時雨は、サワが明るく笑っているのにおどろいた。

草は、どこにでもひそんでいると聞いたことがある。しかし、ほんとうに草の存在を知ったのははじめてだ。だまされて結婚してしまった後悔はないのだろうか。

「美人姉妹やったからえらばれたんよ」

ユウは、にこっとほほえんだ。

「もう、姉さんたら。すみません、あつかましくて」

サワにあやまられて、時雨もくすっと笑ってしまった。

「目的はあったんかもしれへんけど、どっちの夫もやさしくてね。わたしら、えらばれてよかったなあって思てるんですよ」

と語るユウの顔は、幸せそうに見えた。

「けど、人をだますんは悪いことですからね、ばちがあたったんですよ、ふたりとも。大雨の日に川を見にいって流されてしもて。死体もあがらんかったんです」

ユウがつけくわえた。

「それ、うちの夫の着物。すてられへんでね……残しておいてよかった。細身の男やったから、ちょうどよかった」

サワは、着物にそでをとおした時雨をながめる。

時雨は、それで姉妹の家に男物の着物があったのかと、合点がいった。

雷雨は口をはさむことなく、ちびちび酒をのんでいた。

忍びのかくれ里には、あすの朝たつ。

小雨のほうも、夕飯を食べていた。

ユキがいっしょにというので、ユキが食べるのと同じものを用意してくれたというが、その豪華さに、小雨はゴクリとつばをのみこんだ。

焼き魚、芋の煮物、菜のおひたし、炒り豆、卵焼き、みそ汁、たくあん、飯、それから梅の蜜煮などが、ぎっしりお膳にならんでいる。

「すごいな、いつもこんなに出てくるのかい?」

小雨がたずねると、ユキはうんざりした顔をした。

「そうなの、食べきれないの」

小雨の腹は、きゅるるーとなった。飯を口にするのは、さらわれる前の晩飯以来だ。ここがどこなのか、なぜ自分がここにつれてこられたのかはわからないが、とにかく食べて体力をつけなければ、逃げようにも逃げられない。

「もったいない、がんばって食べなくちゃ」

はりきる小雨を見て、ユキはうれしそうだ。

「たのもしいわ。よかったらわたしの分も食べてね」

「え、いいのかい！」

「どうぞどうぞ」

やりとりを聞いていたユキのお世話係の女たちが、ぎろっと小雨をにらんだ。

「だめですよ。おユキさまに、しっかり食べてもらわなくては」

ユキはため息をつきながら、飯を二口、炒り豆を三つぶ、あとは魚を少しつついただけで、はしをおいてしまった。

「もう食べないの？　もう少し食べなくちゃ、元気でないよ」

小雨のことばに、お世話係の女たちは「そうそう」とうなずく。ユキは、はだがすきと

おるように白く、青い血管が見えるほど。美しいが、健康的には見えない。それにやせているし、話し声もふわふわとしていて力がなく、元気がないのだ。

「ずっとここにいるのだもの。汗を流して畑仕事をするわけでもなく、野山を思いきり走りまわってあそぶわけでもなく……こんなくらしで、お腹がすくわけないわ」

「ずっとここに?」

外には出ないのかと聞くと、小雨はまた女たちににらまれた。かまわずユキが話す。

「そうよ、ずっとこの地下から出られないの。日の光がなつかしいわ。ここの明かりは、ろうそくの炎だけだもの。外は今、夏なのでしょう。太陽がまぶしすぎて、セミの鳴き声はうるさいほどで、うごかなくても汗がにじんでくるのかしら。ここにいると、季節もあまりわからないの。暑さも寒さもわたしの体には毒だと、みんなが気づかうから……」

ミーンミンミンミン　ミーンミンミンミン

セミのけたたましい鳴き声で、時雨は目をさました。

ふとんに入る前に、はっておいた薬草の湿布のおかげで、足の痛みはうすらいでいる。

「これなら、何とか歩けそうだ」

無事とは聞いても、いっこくも早く小雨のもとに行ってやりたい。時雨は、はれをおさえる軟膏をよくすりこんでから、足袋をはいた。

びしょぬれになったふろしきも柳行李も、夏の太陽のおかげで、からりとかわいた。

朝からすでにかんかん照りだ。

「お気をつけて」

ユウとサワは、ならんで見送ってくれた。夫がいなくなった今も、ふたりは忍びをたすける役目をしている。

「だんなさんが亡(な)くなっても、おふたりは草(くさ)の嫁(よめ)なんですね」

時雨(しぐれ)がつぶやくと、雷雨(らいう)は、

「一度かかわれば二度とぬけられぬのが、忍(しの)びの道じゃ。それでも、来てくれるか？」

と、時雨(しぐれ)の目をのぞきこんだ。

「はい」

時雨(しぐれ)は、しっかりとこたえた。

忍(しの)びのかくれ里がこのあたりにあることは、風のうわさで知っていた。

もしかしたら、雷雨(らいう)の足どりをつかめるかもしれないと思いつつ、こちらまで足をのばしてやってきたのだ。

小雨(こさめ)はさらわれてしまったが、雷雨(らいう)に会えた。

（元気にしているだろうか）

心細い思いをしているのではないだろうか。早く会いに行ってやらなくては。

小雨のことを考えると、時雨の足の痛さは消えていく。

雷雨は老いてもなお、なかなかの健脚である。おくれずについていくため、時雨はもくもくと歩いた。


太陽が真上にのぼるころ、時雨と雷雨は、深い谷にたどりついた。

橋もなく、先に行くには、ちがう道をさがすしかなさそうだ。けれど、雷雨が道をまちがったとは思えない。

落ちればかならず死んでしまいそうな谷底を、時雨がながめていると、雷雨は、胸もとから小指ほどの小さな笛をとりだした。

ピーーーーーーーー
山中に、かん高い笛の音がひびきわたる。

ピーーーーーーーーーー

ピーーーーーーーー

すると、谷をはさんでむこう側に、ふたりの男があらわれた。

男たちは、重しの石をくくりつけた太い綱を、こちら側に投げてきた。

ひょいっと、右手で雷雨はそれを受けとると、太い幹にしっかりくくりつけた。

つぎにふろしきづつみをほどき、中から鉄の滑車を出して、その綱につけた。

「その大きな柳行李からじゃ」

「はい」

時雨は背負っているふろしきづつみをおろした。

雷雨は、手ぎわよくふろしきづつみを滑車にひっかける。

「それっ」

押されたふろしきづつみは、いきおいよく綱をつたい、谷をわたっていく。

むこう側が低くなっているので、重みですべっていくのだ。

むこう側にいる男たちは、すべってきた荷物を受けとり、手をふる。

「今度は、もしかしてぼくたちですか？」

時雨は、どきどきしてきた。

おさないときから、雷雨には修行ともいえるさまざまなことを経験させられてきた。が、こんなに深い谷を綱でわたるのは、はじめてのことだ。

雷雨は無言で、滑車に綱をくくりつけ、輪を作る。輪が持ち手のようだ。

「先に行くか？」

たずねられて、時雨はゴクリとつばをのみこんだ。「はい」とは、すぐに答えられなかった。すると、雷雨が持ち手の輪をつかむ。

「いや、わしが先に行こう」

声をかけるまもなく、雷雨は体をちぢめて、谷に出ていった。

綱を滑車がすべり、雷雨の体は一気に谷をわたり、むこうについた。

「よし」

ぐずぐずしていられない。

時雨は、雷雨にわたされた滑車を綱にくくりつけた。雷雨をまねて、体をちぢめ、谷に出た。

見ないでおこうとしたが、とちゅうでやはり下をのぞいてしまった。谷の深さは予想以上だった。恐怖で血の気がひく。手をはなしそうになる。しかし、手をはなして落ちれば、ぜったいに命はない。

「ここで死ぬわけにはいかないっ」

時雨は気をしっかりと持ち直し、なんとかむこうにたどりついた。

時雨がつくと、男たちは、綱を小刀で切った。だらんと綱が谷にたれる。後であちら側の者が、綱の処理はするらしい。

かくれ里は、こうして守られているのだ。

「行きましょう」

ほっとする間もなく、雷雨と男たちは歩きはじめた。

「あの……」

時雨は、男たちに声をかけた。男たちが荷物を背負ってくれているのだ。雷雨のものはわかるが、自分のものまでは申しわけない。しかし、

「いいよ、このほうが早い」

といわれ、時雨は返すことばがなかった。ただついていくしかない。

男たちを先頭に、ひたすら道なき道を進む。

ずっと歩きっぱなしで、さすがに時雨も体がきつい。くじいた足の痛みも、もどってきた。頭をあげているのがしんどくて、時雨は下をむきながら、ただもくもくと歩いた。

奇跡の子ども

かくれ里は、山間に突如あらわれた。木々に守られるようにして、ひっそり存在していたが、その作りに油断はなく、村全体をぐるりと十五尺はある木と竹で作られた塀がかこっている。出入りには、ヒノキの頑丈な門を通らなければならない。門には門番が立っていて、村に入る者を厳重に管理している。村というよりは、まるでとりでのようだと時雨は感心した。

「雷雨さまのおかえりだあー、門をあけろー」

見はり台から門番に声がかけられ、まもなくに門は中から開けられた。ギギギーと重い門がうごく。

見かけぬ顔の時雨を、きっとするどい目で見た

門番に、

「弟子の時雨じゃ。薬作りを手つだってもらうため、つれ帰った」

と、雷雨がすかさずつたえる。

「そうですか、失礼いたしました」

門番は、頭をさげた。

ここは高い塀でかこまれているだけでなく、なみならぬ殺気で守られている場所だと、時雨は感じた。

けれどいったん塀の中に入り、里を歩けば、女たちの笑い声や子どものはしゃぐ声が聞こえる。ほかとかわらないように見える人びとのくらし。くらしている人の数は、里の大きさからすると、

そう多くないように思われる。

「雷雨さまー、その人、だれや？」

「お客人かい？」

子どもたちが、近よってくる。みんな忍びの子なのだろうが、見た目は、どこにでもいる子とかわらない。

「わしの弟子じゃ」

雷雨が答えると、子どもたちは目をかがやかせて、

「雷雨さまの弟子やって！」

「うらやましいなあ」

と、時雨をとりかこむ。

「きれいな顔や」

「雷雨さまの弟子なんやから、この里の生まれやろ」

「どこのお人や。お母ちゃんは、だれや？」

わいわいうるさい子どもたちを、案内の男が一喝する。

「こらっ。おふたりは、まず頭領に、ごあいさつにうかがわねばならぬのだ。じゃまをするでない！」

「ひっ、ごめんなさい」

子どもたちは、さささっと道のすみっこによった。

前方に、大きな屋敷が見える。きっと頭領というのは、あの屋敷にいるのだろう。

（小雨も、あそこにいるのだろうか）

たずねたかったが、それはこれからわかることだと思い、時雨はことばをのみこんだ。

屋敷はさらに塀にかこまれ、門の前には、いかにも強そうな大男が立っていた。

「大作どの、雷雨さまと弟子の時雨さまをおつれした」

「どうぞ」

大男は、大作というらしい。大きなごつい手で、門を開いてくれた。

「では、われらは、ここまでで」

案内の男ふたりは、ていねいにおじぎをすると、もと来た道をひき返していった。

門から建物の入り口までには、手入れされた庭があり、ちょうどサルスベリが濃い紅色の花を、こぼれるほどみごとにさかせていた。

入り口に、今度は細身の男が立っていて、

「さあ、お入りくださいませ」

と、まねき入れてくれた。

雷雨と時雨は、長いろうかを進み、奥の座敷へ通された。

「ここでお待ちください。まもなくいらっしゃいますゆえ」

男はそういうと、ふすまを閉めた。

静かだ。キンとした空気がただよっている。時雨は落ちつかず、何度もまばたきをした。

（小雨は、ここにいるのだろうか）

ここにいないならば、早くいるところへ行きたい。この里のどこかにいるのはたしかなのだ。

とらえられ、つらい思いをしているのではないか。けがはしていないだろうか。ひとりでさぞ心細いのでは……。

心配でたまらない。が、今の時雨は、雷雨にしたがい待つしかない。

やがて、ふすまが開き、頭領があらわれた。雷雨のような老人を想像していたが、意外にも若い男だった。年は、時雨とそうかわらないのではないだろうか。

時雨の心を見すかすように、頭領はいった。

「若くて、おどろきましたか？」

「あ、いえ」

どうこたえれば失礼にあたらないか、時雨はまよった。

「若くとも、嵐さまの人をたばねる実力はりっぱなもの。なかなかの智略家でもある」

雷雨が語ると、嵐は「いえいえ」と首をふった。そして、時雨の前に立ち、一気にこういった。

「あなたこそ、お若いのにすぐれた才能をお持ちだとか。すでに師匠の雷雨どのを超えた知識で、新しい薬を作りだしていると。おうわさは、かねがねうかがっておりましたぞ。われらのため、この日本という国のため、どうぞそのお力をお貸しください！」

時雨は、嵐の迫力におされながらも、たずねた。

「そ、それは、さるお方の病いを治すということでしょうか」

「そのとおり」

日本という国のためとは、かなり大きな話だ。

忍びたちがこれほど必死に守ろうとするさるお方とは、どなたなのか。

「ぼくで、お役に立てるならば」

自信はないが、できるかぎりのことはしてみようと時雨は思った。お師匠雷雨のために、いや、すくえるかもしれないひとつの命のために。

「おたのみもうしあげます、あなたが最後のたのみの綱なのです」

嵐は、時雨の手をにぎりしめた。そこまで期待されると、ますます自信はないが、とにかくその人に会わせてもらわなければ、どうしようもない。

「さるお方は、どこにおられるのです。ああ、その前に、ぼくの弟子の小雨はどこに……元気なすがたの小雨に会うのが先です」

時雨は、すがるような目で嵐を見た。嵐は、大きくうなずき、

「どうぞ、こちらへ」

と、ふすまを開けた。

つれていかれたのは、屋敷の地下だった。階段をおりていくと、冷気とともに

さわやかな良い香りがただよってきた。

御簾がかかっている。その前にひざまずき、嵐がつげた。

「薬師をつれてまいりました」

御簾のむこうのユキが、こたえる。

「そうですか」

「この者は雷雨の弟子で時雨と申します。旅をしながら薬を……」

嵐が説明しかけると、御簾がすっとあがった。

「お師匠！」

小雨が、とびだしてきた。

「小雨！」

時雨は、大きく両手を広げた。

「お師匠！」

小雨はいきおいよく、時雨の胸にとびこんだ。小雨の目に、みるみるなみだが

あふれる。

「あらあら」

ユキは、やさしくふたりの再会を見守った。さすがの嵐も、とめるまがなくだまって見ている。

「この方が、小雨の話してくれたお人なのね」

ユキはたずねた。

「そうだよ、おれのお師匠がきたんだ。これでユキさんもよくなるよ」

小雨はスンッと鼻をすすり、時雨にいった。

「お師匠、ユキさんだよ。ここにきてから、おれ、ずっとこの地下にいるんだ。でも、ユキさんといっしょだったから、さみしくなかった」

ユキの容姿に、時雨は見とれた。旅先で美しい人にはたくさん会ってきたが、こんな天女のような人は、はじめてだった。はだの色といい瞳や髪の色といい、異国の娘なのだろうか。いや、まれに異人の血が混じらなくても、ユキのような容姿の子が生まれるという話は聞いたことがある。

（しかし生まれつき体が弱く、育たないという話だったが）

部屋には、螺鈿細工がほどこされた美しいたなや文机などの調度品がならんでいる。

高価な品々を見れば、いかに大切にされているかがわかる。時雨はすぐに、この人が、雷雨のいっていたさるお方なのだとわかった。これからすくわなければならない命とは、このユキの命なのだろう。

「おかげんは、いかがですか？」

雷雨がたずねると、ユキは楽しそうに笑った。

「小雨が来てくれてからは、とてもいいのよ。だって、元気をもらえるもの」

「おれ、まだそれしかできないから」

時雨のうでの中で、小雨は小さくつぶやいた。

ユキは、青い目にも白いはだにも日の光が強すぎるため、この地下の部屋でもう十数年くらしているのだそうだ。

「みんな、わたしに気をつかうばかりで。小雨みたいな子は、今までいなかったわ」

と、ユキは、はかなげな笑みをうかべた。

ユキにとっても、小雨は心のよりどころとなっていたようだ。

さっそく時雨は、ユキの容態をたずね、柳行李の薬を調合しだした。

「まずは、この薬をのんでみてください」

時雨は、朱塗りのおわんをわたした。煎じた薬湯が入っている。

「まあ、すごいにおい」

ユキは、おわんから顔を遠ざけた。

薬湯は、深い緑と茶をまぜたようなにごった色で、いかにもあくの強そうなにおいがする。

「薬だもん、しかたないよ。くさくても苦くても、がまんがまん」

小雨がはげます。

「わかりました」

ユキはつらそうにしながらも、一口ずつ薬湯をのんだ。

「今晩は、少し熱が出るかもしれませんが、心配いりません。体が薬湯になれたら、熱はさがります」

時雨の説明を、横で雷雨も聞いている。

薬湯は、時雨が旅のとちゅうで見つけた草や木の根を調合したものだ。

ユキは、まず心臓があまりよくない。そして、腎臓や肝臓など、ほかの臓器もかなり弱っているようだ。

「もともと体は強くなかったゆえに、長くは生きられないと、わたしはかくごしているのですよ」

ユキは、またはかなげに笑う。

「またそのようなことを」

と、さとすのは雷雨だ。

「わたしの体はわたしのものであるはずなのに、そうではないのよ、時雨さま」

ユキのあきらめたような表情を見て、時雨はなんとこたえてよいのか、とまどった。

病いを治すために、力はつくさなくてはならない。けれど、人はいつかは死をむかえる。それはどうしようもないことである。あらがうことも大事ならば、また受け入れることも大事なのではないか。

時雨は複雑な思いだった。

ユキの命をつなぐために、たくさんの人たちが必死になっている。

自分もその手だすけをしようとしている。が、もし万策つき、どうにもならないときは、自然の流れにまかせるべきなのではないか。

今までも、重い病いの人や十分に生きたばばさまなどのことは、苦しまずに死

をむかえられるよう見守ってきた。

ユキはまだ若い。何とか生きてほしいと思う。しかし、違和感があった。

嵐も雷雨も村の者たちも、ユキのことを思って生きてほしいと願っているのでなく、ユキに死なれてはこまるから、生きていてもらわなくてはならないと思っているような気がする。

ユキのあきらめたような表情に、時雨はいらぬことを想像してしまった。

すると小雨が、

「どれくらい生きるかは、神様しかわからないよ。自分で決めちゃいけないよ！」

と、熱い目でユキをはげました。

(そうだな。あれこれ考えるよりも、まずは努力してみなくては)

ふっと、時雨は息をはいた。

小雨の熱さに、教えられることは多い。

「小さな薬師さまは、なかなかたのもしい」

雷雨は、小雨の頭をなでた。


その夜、ユキは高い熱を出した。

時雨と小雨は、地下の部屋に泊まり、ユキの看病をすることにした。

ユキの白い顔は赤くなり、ひたいの上の水にぬらした手ぬぐいは、すぐに熱くなってしまう。

熱が出るのは予想していたことだが、これほどとは……弱ったユキの体には、あの薬湯はきつすぎたのかもしれない。

「おユキさまは、大切な方なんよ」

「だいじょうぶやろか」

ユキのお世話をしてきた女たちが、心配そうにたずねる。

「わかっています。おまかせください」

時雨は、今晩はもう帰るようにと、女たちにいった。

「でも……」

「そやけど……」

女たちはこまったようすだ。

「たくさんいても、じゃまなだけだよ。さ、帰った帰った。おやすみなさい」

小雨は、うごかない女たちの背中を、地上へつながる階段までおしていった。

そうして静かになったのもつかの間、すぐに嵐がドタドタやってきた。

「時雨どの、女たちには、着がえなどおユキさまのお世話をさせてください！」

嵐は、時雨につめよる。

「ぼくたちだけでは、信用できませんか」

時雨は、落ちついた声で問うた。

「そ、そういうわけでは」

嵐がことばにつまる。時雨はさらに問う。

「見張りが必要ですか」

「いや、着がえなどは、女がするほうがよいでしょう」

「心配ご無用です」

時雨は嵐を見つめ、きっぱりこたえた。その視線があまりにまっすぐだったので、嵐はいい返せなくなった。

「たしかに……心配無用じゃ。嵐さま、われらは、もうどうすることもできぬ。時雨にまかせるしかないのですぞ」

いつ来たのか、雷雨が部屋の入り口に立っていた。

「……」

嵐は納得していないようだが、しぶしぶ部屋を出ていった。

「ありがとう、ございます」

ねむっていたユキが、うすく目を開いた。

「おこしてしまいましたね」

時雨は、ユキのひたいから手ぬぐいをとり、おけの冷たい水にひたした。

「ねむったふりをしていました。嵐さまは口うるさいので」

ユキは、口もとに笑みをうかべた。

「あはは、そうだったんだ」

小雨は笑った。

「みんなよくしてくれるけれど……気をつかわれすぎて、落ちつかないのです。小雨と時雨さまだけで、わたしはいい……」

ユキは、弱々しくいう。

「さあ、もう少しねむってください」

時雨が手ぬぐいをやさしくひたいにもどすと、ユキは安心したように、また目を閉じた。

やがて、ユキはねむりに落ちていった。のんでもらった薬湯には、ねむりをさそう作用もある。

がんばっていた小雨も、少しすると寝てしまった。

時雨は、音を立てないように立ちあがると、ろうそくの炎を消してまわった。全部消してしまっては、暗闇につつまれてしまうので、何本かは残しながら。

ひとつ消すごとに、地下の部屋は本来の暗さをとりもどし、重くまとわりつくような空気が、部屋を支配する。

ここに長くいると、病いにとりつかれていない者までも、病んでいくような気がする。

時雨は、ずっとここから出ていないというユキを、気の毒に思った。

ここにたどりつくまで、ユキはどのような人生を歩んできたのだろう。

白いはだ、銀色の髪、つゆ草の花の色の瞳。あきらかにほかとちがうすがたで、つらいことが多かったにちがいない。

しかし、どうも高貴な身分の娘のようだし、大事にはあつかわれてきたのだろうが……。うす闇の中で、時雨はユキのことを考えた。すると、それにこたえるように、ユキのか細い声がした。

「少しお話ししてもよいですか？　時雨さま」

薬のききがよくないようだ。ふつうならば、朝までぐっすりねむれるはずなのに。

「わたしは、ねむりがあさいのです。そのせいか、たくさん夢を見ます。夢を見るのが、わたしの仕事です」

ユキは、ゆるゆると話しだした。

「たくさん見る夢の中に、先のことが見えることがあります。子どものころ、兄があす、けがをすることや、雷が神社の大きなイチョウの木に落ちることを話して、気味悪がられました。こんなすがたの上に、先のことまでわかるなんて、村のみんなに、おまえは人間じゃない妖かしの子どもだっていわれました。友だちなんていなかった。親も冷たいものでした。家はまずしかったですし、おとっさんは、わたしを見せ物小屋に売りました」

「そうだったんですか」

時雨が想像したのとは、ずいぶんちがう。ユキは高貴な身分の娘などではなく、見世物小屋にいたのだ……。

時雨は、ユキの深い悲しみを感じ、目頭が熱くなってきた。

　ユキは、たんたんと話す。それがいっそう悲しみの深さをあらわしているようである。

「見世物小屋でも、わたしは夢を見続けました。やがて、念じてからねむると、そのことを夢に見られるようになり、小屋の親方は、それをおもしろがって、自分に教えるようにいいました。あんまりよく当たるものだから、親方はわたしの夢で商売をするようになったのです」

「夢を見るのが仕事」

「ええ」

　ユキはうなずくと、時雨のほうに手をのばした。

「汗をかきました。着がえるのを、手つだってもらえますか」

「もちろんです。ぼく、いや、わたしは、こんな身なりをしていますが、女ですから、安心してください」

　ユキにかくす必要はないので、さらっといってみたものの、自分のことばに自分でためらう。秘密にしてきたことを口にするのは、かんたんなことではない。

　ユキは目を丸くして、時雨を見ている。

「あら。時雨さまも、かかえているものがおありだったのね」

　なぜだか、とてもうれしそうだ。

「わたし、こんなに自分のことを話すのは、はじめてです。あなたさまになら、話してみようかという気持ちになったのは、それでだったのだわ」

「あ、あははは」

時雨は、どういう顔をしていいかとまどい、てれ笑いをした。

ユキは、子どものようにせがむ。

「教えてくださいな」

「……は、はい」

ユキの着がえを手つだいながら、時雨は自分も身の上話をした。

ひとりぼっちで死のうと思っていたところを雷雨にひろわれ、そして新しい名前をもらい、男の子として生きることになったこと。それから、雷雨が消え、ひとりで山をおりたこと。山をおりるとき、やはり男のすがたのままでいると決めたこと。旅のとちゅうで、小雨に出会ったこと。

「時雨さまも、いろいろとたいへんだったのですね。けれど、雷雨どのは、時雨さまをくのいちにしようとしなかった。あなたを忍びの世界に、引きいれたくなかったのでしょう。忍びの世界は、主しだい。自由に生きることはゆるされませんからね。それにしても女だったとは……聞いてみるものですね。そうだわ、ここでは女のかっこうをしてみてはどうかしら？」

ユキにいわれて、時雨は顔を赤くした。

「女のかっこうなんて、今さらという感じで……このほうが落ちつきます。いきなり女になったら、みんなびっくりするでしょうし。小雨なんて、どう接すればいいかとまどうんじゃないかな」

「きっとだれもがうらやむほど、きれいな娘のすがたになるはずよ」

「そんなことないですよ。さあ、もう少しねむってください」

時雨はさらに赤い顔をして、ユキにふとんをかけた。


朝……なのだろう。

ゆうべの女たちが、朝めしを用意してあらわれた。

ここでは、スズメがチュンチュンと鳴く声も聞こえず、朝日をまぶしく感じることもない。

女たちは、手ぎわよく、ろうそくに炎を灯していく。

そして、まだ目を閉じたままのユキの顔をのぞきこむ。

「おユキさま、ねむれましたか？」

「具合は、どうですか？」

気をつかわれすぎて、落ちつかないといっていたユキの気持ちが、時雨はわかった。

「ん……んんん」

焼き魚のこうばしいにおいにつられてか、小雨が鼻をひくひくさせながらおきだす。

白い米に焼き魚にみそ汁、大根と豆の煮物、青菜のつけもの。うまそうだが、今のユキには重い。

「卵がゆを、お願いしてもいいですか」

時雨は、女たちにたのんだ。

「おかゆ？」

「そんなもん、元気が出ません」

「この煮物、おユキさまの好物なんですよ」

女たちは、納得がいかないようだ。

「これだけ弱った体には、やさしいものがいいんです。あなたたちだって、子どもやだんなさんが高い熱を出したら、おかゆを作ってあげるのでは」

時雨にさとされて、女たちはだまった。ユキを大事にしなくてはいけないという思いから、かんじんなことをわすれていたのに気づいたようだ。

「おかゆなら、わたしにまかせてくださいな。すぐにお持ちします」

女のひとりは、急いで出ていった。

グーギュルギュルグー

おいしそうな朝めしを目の前にして、小雨の腹の虫がなった。

「先にいただいたら、いいですよ」

時雨は、小雨にいってやったが、小雨はぶんぶん首をふる。

「ユキさんの卵がゆが来るまで、待ってるよ」

「どうぞ……気をつかわないで」

ユキはいった。

小雨は少し考えたが、

「じゃ、遠慮なく」

と、いきおいよく、はしをつかんだ。

焼き魚にかぶりつき、白米をガツガツかきこむ小雨を見て、ユキは楽しそうだ。

まるで病いのしんどさなど消えてしまったかのように。

「小雨には、かなわないな」

時雨は、感心した。

しばらくして、先ほどの女が持ってきてくれたかゆを、ユキはさじで三口ほど食べたあと、また目を閉じた。

熱はなかなかさがらず、ユキの体はますます弱っていく。薬は、よい方向にきいてくれなかったようである。

（どうしたものか……）

これまでやってきた方法が、ユキには通用しない。

どんな薬がいいのか、まったくわからない。けれど、このままではユキの命の火は消えてしまう。つぎの薬を準備しなければならない。

「薬小屋に行って、作業します。小雨はどうする？」

「ここに、いる」

「そうですか、わかりました。では……」

時雨は、小雨にユキをたのんで地下を出た。

「ふうー」

地下の重い空気を追いはらいたくて、時雨は、まず庭で太陽の光をあびた。

夏の太陽は、ギラギラまぶしい。

冷えた体がじんわりあたたまり、やがて熱くなってくる。まとっていた重い空気が、からりとかわいて消えていく。

時雨は、空を見あげて、両手をのばした。

空は、とてもさわやかな色をしている。

「見せてあげたいなあ」

うす暗い地下にいるユキの、はかなげな笑顔がうかぶ。

しばらくぼんやりと空をながめていたかったが、細身の男が前からやってきた。

「こちらへ、どうぞ」

屋敷についたとき、奥の座敷まで案内してくれた男だ。

物腰がやわらかく、おだやかそうな男は、三枝吉という名だと教えてくれた。

「屋敷から出るのですか？」

三枝吉が門を出ようとするので、時雨はたずねた。

「はい、薬小屋にまいります」

三枝吉は、門番の大作にえしゃくをし、薬小屋までつれていってくれた。

薬小屋というのは、薬の知識にたけた忍びの者が集まり、共同で作業する場所だ。

そこで作られる薬は、かくれ里の者や全国にちらばる草たちにあたえられる。

それから、いくら金をつんでも病いを治したい者たちに、もとめられる。忍術とともに薬も売りながら、忍びたちは生きてきた。

「おお、あなたが時雨さまか」

「ようこそ、おいでくださいました」

薬小屋には、四人の男とひとりの女がいた。

「雷雨さまより、うかがっております。わたしたちも、お手つだいいたします」

「はい、よろしくお願いします」

時雨は、小屋を見わたした。

乳鉢やさじ、なべやガラスのビンなど、必要なものはすべてそろえられている。

たなにならんだかごの中には、さまざまな薬草が入っている。知らない草もたくさんある。

「これは、なににきくのですか？」

干されたその草を手にとり、時雨は鼻を近づけてみた。心が落ちつくような、いいにおいがする。

「それは、ほか数種類の植物と混ぜあわせ、われらの秘薬を作る薬草です」

「どんな腹くだしにも、ききます」

「ほかの数種類というのは、キッコウの根と、それからベニアカネの花のつぼみを乾燥させたもの……」

ひとりひとりが、熱心に教えてくれる。

「へえー、そうなんですね」

時雨は、まずは自分の知識とここにいる人たちの知識のすりあわせから、はじめることにした。


時雨が薬小屋で、薬を作っているころ……。

小雨は、今夜もお世話役の女たちを帰そうとしていた。

「そやけど、今夜は時雨さまがおらんし」

「あんただけじゃ、心配やわ」

しぶる女たちに、小雨は負けていない。

「だーいじょうぶだよ。さあ、またあしたね！」

女たちの背中をおして追いだした。

「ふふふ、たのもしいわ」

ユキは、楽しそうに笑う。

「薬の知識はまだまだだけど、弱っている人を思う気持ちは、おれ、お師匠にも負けないんだっ」

小雨は、胸をはった。

「ではひとつ、お願いをしようかしら」

ユキは、つぶやくようにいった。

「何だい？　おれにできることなら、何だってがんばるよ！」

小雨は、はりきってみせた。

すると、またユキはつぶやくようにいった。

「ここから出たいの、つれだしてほしいの」

「え!?」

小雨は、耳をうたがった。

「ここに閉じこめられて生きることが、どんなにつらいか。小雨ならわかるでしょ」

「……わかるよ、でもさ」

小雨は、ことばにつまった。

じめじめした地下で太陽の光にあこがれながら、くらしてきたユキ。少しの間だがここですごしている小雨には、よくわかる。どんなに外の空気をすいたいことか。ユキはずっとがまんしてきたのだ。

ユキの願い、かなえてあげたい。けれど、そんなことをしたらどうなるのか。

小雨は、ユキのおでこに手をあてた。

「まだ熱い。無理だよ。ねえ、お師匠に相談してみてから……」

ユキは首をふる。

「相談なんてしたら、時雨さまはきっと反対なさいます。今しかないの、つれていって」

「……」

ためらう小雨のうでを、ユキは白い手でつかんだ。

「お願い！」

見つめるつゆ草のように青い目が、さらに濃い青色になった気がした。

「……」

外へ出たら、ユキは体力をうばわれ、たおれてしまうかもしれない。おまけに日がのぼれば、太陽の光もユキの体にはよくない。けれど小雨は、どうしてもことわることができなかった。ユキの目に宿る力を、信じてみよう。

「わかったよ、行こう!」

せいいっぱい元気にいうと、小雨はユキの手をギュッとにぎった。

「おユキさま?」

ユキが寝床にいないので、女は部屋を見わたした。

やはり心配になったお世話役の女がもどってきたのだ。まさかふたりが逃げだしたなど思いもせず、女は首をかしげる。

「小雨ちゃん?」

どこにもユキのすがたがない。小雨のすがたもない。女は、すぐに状況を理解できなかった。

（どういうこと？）

しばし考え、はっと気づき、そしてさけんだ。

「たいへんやあーーー！」

やっと気づいた女はあわてて、階段をかけあがった。

屋敷、いや里はたちまち大さわぎとなった。松明を片手に、男だけでなく女も子どもも、おユキさまをさがす。

薬小屋でひとり、薬を調合していた時雨は、嵐といっしょに里の男たちがおしかけてきて、とんでもないことがおこっていることを知った。

「おいっ、あんた、おユキさまをどこへやったんや！」

嵐がつめよる。

「かくしているなら、われらのため、いや、この国のため、どうかおユキさまを返してくれ！」

「すみません。ほんとうに知らないのです」

時雨は、そうこたえるしかなかった。うそをついているかどうかをたしかめるように、嵐は時雨の目を見つめる。時雨は目をそらさなかった。

すると、嵐はぐっと時雨のうでをつかむと、

「とにかく、いっしょにきてもらおう」

と、小屋からつれだした。

このかくれ里から逃げるには、けわしい山道を行かねばならない。小雨だけならまだ考えられるが、ユキにはぜったいに無理である。きっとどこかにかくれているはずだ。

「おユキさまー」

「出てきてくださいー」

大人から子どもまで里の者みんなが、小雨とユキをさがす。

（うかつだった）

時雨は自分をせめた。

つぎの薬のことで頭の中がいっぱいで、考えがおよばなかった。けれど、小雨の性分からすれば、このような行動をとる可能性は、なきにしもあらずだった。

（自由の風にあたらせてあげたかったのでしょうけど……今回ばかりはだめですよ、小雨……）

里の人たちがこれだけ大事にしている人をつれだした重大さを、どこまでわかっているのか。しかも、ユキの体はひどく弱っている。

「おユキさまになにかあれば、主はわれらをゆるしはしない。この里がどうなるかは、あの小僧にかかっているのだ」

嵐にそういわれ、時雨はさらに小雨とユキの身を案じた。

「おユキさまの夢見は、この国をうごかしている。おユキさまの先を見る力があればこそ、われらが主は判断をあやまることなく、かしこい選択ができる。国をささえる主には、おユキさまはなくてはならぬ人なのだ」

嵐は闇に目をこらしながら、ブツブツと語った。

「国をうごかす……ですか。ぼくには忍びの忠誠はわからない。一日でも長く生かすため地下牢に閉じこめ、夢だけ見させる。あれでは、ユキさんは、まるであなたたちの道具でしかない！」

時雨にしてはめずらしく、語気が強まった。嵐は、するどい目で時雨をにらんだ。

「天下が太平になるためならば、道具もりっぱなもの。われら忍びも道具だ。この国の未来を、道具を使う主にたくす、われらが見ているのは、個人の小さな幸せではない、もっと大きなものなのだ！」

「その主とは、一体どなたなのです!?」

時雨は思わず、たずねた。

嵐は、さらにするどい目つきで時雨を見た。時雨は目をそらさなかった。

「……徳川慶喜さまだ」

「慶喜さま！」

徳川慶喜、江戸幕府最後の将軍である。大政を天皇に返上し、江戸城を開城した人物。どこの大名の名があがるのかと思っていた時雨は、まさかの将軍の名が出て、ことばを失った。

「慶喜さまは、今でもこの国の未来について深くお考えなのだ。これからこの国は、ますます判断をあやまってはならぬ。異国のことまで考えて舵をきっていかねばならぬ。われらは、慶喜さまにすべてをたくしている。よろこんで道具となるつもりだ」

「……」

時雨はなにもいい返せなかった。

雷雨が老いた体にむちをうち、忍びたちが必死になってユキを生かそうとするのは、そういうことだったのか。

ユキが背負っているものは、想像していたよりも大きかった。

屋敷にもどると、嵐は部屋からうごかず、みんなの報告をじっと待つ。時雨も、はなれることをゆるされなかった。

逃げる手引きはしていなくても、これから小雨があらわれて、時雨に協力をもとめるかもしれない。それを絶つためだ。

(ああ、何てことになってしまったんだろう)

時雨は、とにかく雷雨にひとことわびたかった。

と、三枝吉が息をきらせてやってきた。

「雷雨さまが!」

「どうした!?」

嵐が聞く。

「胸をおさえて、たおれました!」

三枝吉の報告に、時雨の手はふるえた。

心臓の発作だ。ユキがいなくなったことで、負担がかかったのだ。ああ、顔に泥をぬっただけでなく、とんでもないことになってしまった。

「容態は⁉」

時雨は、声もふるえた。

「時雨さまの薬を口にふくみ、発作はおさまりました。今はねむっておられますが、興奮しているために、またいつ発作がおこるか……」

「そうか……三枝吉、おまえがつきそえ」

「はいっ、かしこまりました！」

嵐に指示を出され、三枝吉はすぐにもどっていった。

（早く出てきておくれ、小雨！）

ここでじっと待つことしかできない自分がもどかしく、時雨はこぶしをにぎりしめた。

嵐（あらし）は障子（しょうじ）を開け、夜空を見上げた。こぼれ落ちてきそうなほどたくさんの星々が、キラキラまたたいている。

「もったいないほど、きれいねえ」

ユキは、うっとりと星をながめる。

今夜は眉（まゆ）のように細い三日月。月明かりに照（て）らしだされることなく、ふたりは川原の草むらにかくれている。

「もう横になったほうがいいよ」

小雨（こさめ）は、まず自分がごろんと、草の上にあおむけで寝（ね）ころんだ。

「ねむるのが、おしくて」

というユキに、小雨はひひっと笑ってみせた。

「このほうが、きれいに見えるんだよー」

「え？」

ユキはキョトンとして、同じようにあおむけになってみた。

夜空の見える角度がぐんと広がり、落ちてきそうな星々の迫力に圧倒される。

「わー」

ユキは手をたたき、子どものようにはしゃいだ。

「へへっ、おれのいったとおりだろ」

小雨はじまんげに、人さし指で鼻をこする。

「あしたは、青空をこうしてながめたい」

ユキがいった。

日にあたれば、ユキがどうなるかはわかっている。が、小雨（こさめ）は、

「これだけ星が見えるんだから、あしたはいい天気さ」

と、明るくこたえた。

いつまでユキが空をながめていたのか、小雨（こさめ）は先にねむってしまったのでわからない。

つぎの朝は、小雨（こさめ）のいったとおりによく晴れた。太陽の光がまぶしくて、小雨（こさめ）が目をうすく開けると、ユキはもうおきていた。

ユキのはだは、光をあびてますます白く、青い血管（けっかん）がすけて見える。「あんまり日にあたっちゃ毒だよ」ということばを、小雨（こさめ）はのみこんだ。

「あたたかいわ」

ユキは両手を広げて、太陽の光を体いっぱいに受けている。

朝のうちはまだいいが、これからどんどん暑くなってくる。ユキの体がもたな

いことは、小雨もわかっている。

(いや、明るくなっちまったし、見つかるのも時間の問題だな。暑くなる前に、屋敷につれもどされるか……)

屋敷にもどれば、ユキはもう二度と、太陽のあたたかさを感じることはできないかもしれない。

とにかく少しでも長く、ユキの自由を守ってあげたい。小雨がそんなことを考えていると、ユキは川をながめだした。

「この川、深いわよねえ」

「そうだな」

川は濃い緑色。水底が見えない。

ユキはキョロキョロしながら、川原を歩きだした。

「なにかさがしてるのかい?」

小雨が聞くと、ユキは両手でなにかをかかえるようにしてみせた。

「これくらい大きな石」

「そんなもん、どうするんだい。まさかかかえてとびこもうなんて考えてないよね。だめだよ！」

小雨は、ユキをしかった。

今にも川にとびこむいきおいのユキに、小雨はしがみつく。

「後生だから、ここで死なせて！」

いくらたのまれても、小雨はユキをはなさずにふんばった。

「ユキさんは、みんなに必要な人なんだよ。人はだれかのために生きるんだ。もしここで、ユキさんを死なせてしまったら、おれ、お師匠にも、嵐さんや雷雨さんにも、ここのみんなにもあわせる顔がないよ！」

ぜったいにはなさない、はなせない。


屋敷では、嵐と時雨がねむらないまま朝をむかえていた。

朝めしの膳がはこばれてきたが、時雨はなにひとつのどをとおりそうにない。

「無理するな」

と、嵐は時雨を気づかった。

嵐はというと、ならんだものをぱくぱく食べだした。

「ねむり食べる、いかなるときも万全の状態でいるためだ」

「なるほど」

力ない声でいい、時雨もはしを持った。どれを食べても、味がしない。が、時雨はもくもくと口にはこんだ。煮た芋の最後のひとつに、手をつけようとしたときだった。

三枝吉が、部屋に走りこんできた。

「見つかりましたあ！」

「ご無事か！」

嵐が立ちあがる。

「はいっ、ご無事のようです。おユキさまのお体を考え、ただ今、ゆっくりとこちらにおつれしています！」

三枝吉はこたえた。

「小雨もいっしょですか⁉」

時雨がたずねると、三枝吉は「はいっ」と、うなずいてくれた。

「よかった……」

とにかくふたりとも無事であったことに、時雨は胸をなでおろした。

ほどなくユキと小雨は、屋敷についた。

ふたりは、しっかりと手をつないでいる。男たちが、ふたりをひきはなそうとしても、ユキのほうがかたくなにはなそうとしない。

「小雨は悪くないのです。屋敷を出たいといったのは、わたしです。小雨はわたしが心配で、ついてきてくれただけなの。小雨に罰などあたえないと約束してくれなければ、この手をはなしませんっ」

小雨は、ただだまっている。

ユキのことば通りだったとしても、小雨をゆるすわけにはいかない。薬売りの弟子ならば、ユキをつれだすのがどんなに危険なことか判断しなければならない。

時雨は、小雨を怒鳴りつけた。

「軽はずみだ！」

「お師匠……」

小雨はおどろきのあまり、ぼうぜんとしている。時雨のこんなけわしい顔を見たのは、はじめてだった。そして、こんなにしかられたのもはじめてだ。

ユキの白いはだは、日に焼けて赤くなっている。やがてやけどのようになり、ひりひり痛みだすだろう、熱が体にこもるのもよくない。

「早く冷やしたほうがいいです」

時雨は、嵐に耳うちした。嵐はうなずき、

「この小僧のことは、承知しました。だから、どうぞ手当てをさせてください」

と、ユキにつげた。

ユキの顔が少しゆるむ。

「ありがとう、小雨。いい思い出ができました。あの空を思いだせば、わたし、これから元気にやっていけるわ」

ユキは、ほほえんだ。

「きっと、また見られるよ。星空も青空も！」

小雨がいうと、まわりの者はあわてた。

「おいっ、まだたくらみがあるのか！」

嵐がするどい目で、小雨をにらむ。小雨は思いつめた顔をしている。

「おれ……ユキさんのためになる。それは、みんなのためにもなるんだもん」

だれも、すぐにその意味がわからなかった。ただ、時雨だけが息をのんだ。

「まさか……」

「……うん」

小雨は、こくりとうなずく。

「お師匠、おれ、ユキさんが死のうとしたの止めたんだ。みんなのために、精一杯生きなくちゃ、だめだって」

だからユキのために自分の身をさしだしたいと、小雨はのぞんでいるのだ。

「なんてことをいうんですか!」

「ユキさんは、大切な人なんだろ。たくさんの人のために生きてるんだろ。お、おれ、たくさんの人のためになるんなら、いいよ」

「はやり病いの生き残り、奇跡の子どもの話は、根拠のない迷信ですよ」

時雨は、さとすようにいった。しかし、小雨はひかない。

「でたらめかどうか、試してみなくちゃわからないよ。そういう話が出るってことは、もしかしたらほんとうなのかもしれないじゃないか。奇跡って、あると思うんだ。赤花病を治す奇跡の実があったじゃないか。野ざらしさまを信じる力が病いを治す、あれも奇跡だよね。やりきれないけど、海一の死が村の人たちをすくってる。薬がない中で信じられてきたことには、奇跡がひそんでるかもしれない。薬はすごいけど、薬で治せないものもある。おれ、奇跡を信じてみるよ」

「命を投げだすなんて！」

時雨の声が、大きくなる。

「もしかしたら、それでおユキさまが生きることができるのか」

ひとりの男が、ぼそっとつぶやいた。

「かわいそうかもしれないが、命をだれかのために使うっていうのは、悪いことじゃないよ」

「おユキさまの命をつなぐってことは、国のお役に立てるってことさ、ほまれじゃないか」

里の者たちが、口ぐちにいいはじめた。ユキを失うことは、この国の未来を見失うことだと、里の者たちは知っている。だからこそ、奇跡を願わずにはいられない。

嵐も、心がゆれていた。

手下たちが小雨をつれてきたときも、試してみる価値はあると考えた。けれど雷雨に止められ、はっと我にかえったのだった。しかし……

(時雨の薬に希望をたくしたものの、期待したほどの効果はなかった。雷雨どのが止めようとも、やはりこの小僧を使ってみるしかないか)

嵐は、ふたたび考えていた。

「……」

時雨は、そんな嵐たちの心を感じ、小雨をだきよせた。おそろしい空気がただよっている。

「お師匠、おれ、だいじょうぶだよ」

という小雨は、時雨のうでの中でふるえている。死ぬのをだいじょうぶだなんて、思えるはずがないのだ。時雨は、小雨をきつくだきしめた。

もしみんながおそいかかってきたら、全力で大切な弟子を守ろうと、時雨は身がまえる。

そのとき、時雨と小雨のところに、ユキが近よってきた。そして、

「小雨」

と呼びかけた。小雨がユキのほうに顔をあげた瞬間、

ぱんっ。

ユキは、小雨のほほをはたいた。

「わたしは、そんな迷信にたよらずとも、生きてみせます！」

ユキの青い目が、いっそう青く見える。目の奥で、青い炎がもえているようだ。

その目で、ユキは今度は嵐を見た。

「ご心配をおかけしました。地下へもどります」

か弱く、少し風がふいただけでたおれてしまいそうだったユキとは、まるで別人のようだった。そのすがたは、どんな風を正面からうけても、決して負けない

という気迫にみちていた。

小雨を守るためには、自分が強くならなくてはと、ユキは思ったのだ。

「わたしに死ぬなといったあなたが、死のうとするなんて、ずるいですよ」

はたいた小雨のほほに、ユキは手をあてた。

ユキの手は、ひんやり冷たかった。けれどきっと熱い血がユキの体中をめぐっている。しっかり脈打つ命を感じ、小雨は安心した。

ふたりが荷造りをしていると、ふすまが開いた。

仏頂面をした嵐と薬小屋で世話になった三枝吉だった。三枝吉は薬草をのせたザルを、嵐はふろしきづつみを持っている。

「おユキさまから、あずかってまいった」

嵐はぶっきらぼうに、ふろしきづつみをさしだす。

「何でしょう」

時雨は受けとると、さっそく開いてみた。

つつまれていたのは、なんとあざやかなつゆ草色の着物だ。

「あんたにわたしたところで、宝の持ちぐされなのにな」

嵐は、時雨を見た。時雨は一瞬どきっとしたのだが、笑ってごまかした。

「あはは、そうですね」

ユキは、時雨に着てほしいと思っているのかもしれないが、やはりまだそんな気にはなれない。この先いつか、着てみようと思える日が来るのだろうか。

「これはユキさんの分身だよ。お師匠は、これを柳行李に入れて旅をする。ユキさんは、おれたちといっしょに全国を歩くんだい！」

小雨がとてもいいことをいったので、時雨は、

「そうですね」

と、うなずいた。

ここにとどまり、ユキのために薬を作るという時雨の申し出を、ユキはことわっ

た。「わたしは生きてみせますから、あなた方は旅にもどり、ひとりでも多くの人たちに薬をとどけてあげてください」と。

それから、時雨も小雨も、ユキのいる地下に入れなくなった。ユキがもう会わない、早く旅に出てほしいといったからだ。

「あとは、よろしくお願いします」

時雨が頭をさげると、三枝吉は大きくうなずいた。

時雨は三枝吉が持ってきてくれた薬草を紙につつみ、柳行李に入れた。それから、つゆ草色の着物も大事にしまった。

「では、雷雨どののところへまいるか」

「はい」

荷造りを終えた時雨は、嵐のあとについていく。

小雨と三枝吉も、さらにそのうしろに続いた。

雷雨は、まだ寝床からおきることができずにいる。

時雨は、雷雨のことも心配なのだが、雷雨もユキと同じことをいうのである。早く旅にもどりなさいと。

時雨と小雨が部屋に入ると、雷雨はゆっくり目を開けた。

「ぼくも小雨も、ご期待にはそえなかったです、すみません」

時雨があやまると、雷雨は首をふった。

「おまえの小さな弟子は、おユキさまに元気をあたえた。どんな薬よりも、それは生きる力になる。やはりおまえは、いい弟子をもったな」

「えへへ」

小雨は、うれしそうに頭をかいた。

時雨は、決意のようなことばを別れのあいさつとした。

「嵐さんに、主の名前を聞きました。雷雨さまやここのみなさんや、そしておユキさんが背負っているものの大きさに、がくぜんとしました。ぼくはただの薬売りだからいえるのかもしれませんが、ひとりの娘が道具にならなければ維持できない、ひとりの少年の命をさしだすのがほまれとされるような国は、まちがっていると思います。だからといって、ぼくにまちがいをただし、国をどうこうする力はありませんけれどね。ぼくにできるのは薬を作り、くばることだけです。これからも、ひとりでも多くの人の命をすくうために、旅を続けます」

雷雨はその決意を、だまって聞いていた。

庭のサルスベリは、夏の暑さに負けることなく、まだ濃い紅色の花をいきおいよくさかせている。屋敷の門には、大男の大作がどっしり立っていた。

「お世話になりました」

時雨は、大作におじぎをした。

「あ、あの」

門をくぐりさるところ、大作が呼びとめてきたので、時雨はふり返った。

「サワとユウに、お会いになったのですよね」

サワとユウのことを、なぜ大作が知っているのか。時雨は不思議に思った。が、すぐにさとった。

サワとユウは、川に流されて死んでしまったと思いこんでいるけれど、草であった男たちなら、そういうすがたの消し方をしたとしてもおかしくない。

「なかよく姉妹でくらしています。おいしいみそ汁を作ってもらいました」

時雨はこたえた。

「そうですか、うんうん……よかった」

と、大作はまんぞくそうに大きくうなずき、そのうしろで、もうひとりの男、三枝吉も小さくうなずいていた。

時雨が立ち話をしている間に、小雨はずいぶん先に行ってしまった。

「お師匠、早くー」

小雨が、ぶんぶん手をふっている。

「元気だなあ」

柳行李をつつんだふろしきを、よいしょっと背負いなおし、時雨は追いかける。

汗を流しながらやってきた時雨を見て、小雨がいった。

「おれに、もっと荷物持たせておくれよ。それから、身の守り方も教えてほしい！」

「は、はい……ええと」

時雨が答えるまもなく、小雨が続ける。

「お師匠、荷物が重いのをいいわけにのんびり歩くだろ。それに、自分で自分のことは守らなくちゃって、今回すごく思ったし」

「なるほど」

いつのまにか、小雨は背がのびた。きゃしゃだった体つきも、男の子らしくなってきた。

たのもしい弟子は、夏の光にもまけないほど、キラキラかがやいている。

徳川慶喜は明治を生きぬき、大正二年でこの世を去ったとされる。

しかし、ユキがいつまで生きたのかは、わからない。

日本が大きくかわっていった明治。

その時代のどこまでかを、ひとりの娘の見る夢が、

銀色の髪、つゆ草色の瞳の娘の見る夢が、みちびいていたということ……

それを知る者は、ひとにぎり。

ひとにぎりのうちのふたりは、維新など関係なく、薬をとどける旅を続けた。

江戸が東京になったことなど、関係ない人たちのために。

病院もなく、医者もいない村から村へ。

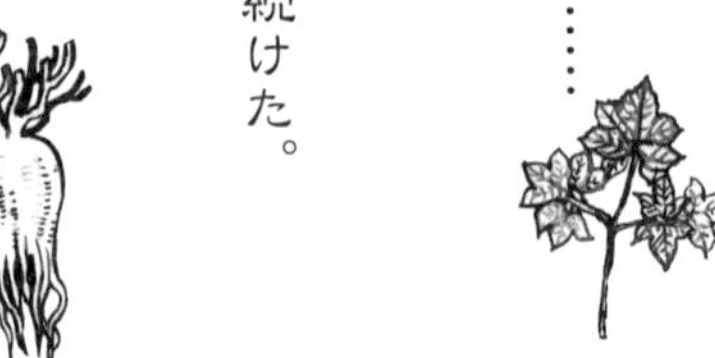

時に、薬売りは笛をふく。

ピールルル　ピーヒョロロ　ピーヒョロロ　ピールルル

出会ってきた、たくさんの命のために。

これから出会う、たくさんの人たちのために。

ピールルル　ピーヒョロロ　ピーヒョロロ　ピールルル

時代が流れる中で、忍（しの）びも、そして山窩（さんか）や傀儡師（くぐつし）、歩き巫女（みこ）など漂泊（ひょうはく）の民（たみ）も、

しだいに消えていったとされる。が、真実と書物の記録（きろく）が同じだとはかぎらない。

時雨（しぐれ）と小雨（こさめ）……旅の薬売りの記録（きろく）はどこをさがしても見つからない。

ただまぼろしの薬売りのうわさは、人から人へつたわり残る。

『夢見の占い師』の前の物語！

まぼろしの薬売り

明治のはじめ、時雨という美しい薬売りと、小雨という元気な小僧が、薬のとどかない地をわたり歩き、不思議な病いと懸命にむきあっていく物語。

作者　楠 章子（くすのき あきこ）

1974 年、大阪府生まれ。第 45 回毎日児童小説・中学生向きにて優秀賞受賞。2005 年、『神さまの住む町』（岩崎書店）でデビュー。主な作品に、『まぼろしの薬売り』（あかね書房）、『古道具ほんなら堂～ちょっと不思議あり～』『小さな命とあっちこっち～古道具ほんなら堂２～』『電気ちゃん』（いずれも毎日新聞社）、『はなよめさん』『ゆずゆずきいろ』（ともにポプラ社）、『ゆうたとおつきみ』（くもん出版）。自身の介護体験を生かした絵本『ばあばは、だいじょうぶ』（童心社）が、第 63 回青少年読書感想文全国コンクール課題図書・小学校低学年の部に選ばれた。

画家　トミイマサコ

1980 年生まれ。イラストをメインに活動。装画や挿絵を担当した作品に『まぼろしの薬売り』（楠章子・作／あかね書房）、「黄泉坂案内人」シリーズ（仁木英之・作／ KADOKAWA）、「イチから鍛える英語長文」シリーズ（内川貴司、武藤一也・著／学研プラス）。「漫画雑誌１月と７月」（星雲社）では漫画を執筆。

http://tomii.gozaru.jp

装丁　白水あかね
協力　有限会社シーモア

夢見の占い師

2017 年 11 月 25 日　初版発行

作　者　楠　章子
画　家　トミイマサコ
発行者　岡本光晴
発行所　株式会社あかね書房　〒 101-0065　東京都千代田区西神田 3-2-1
電　話　営業（03）3263-0641　編集（03）3263-0644
印刷所　錦明印刷株式会社　　製本所　株式会社ブックアート

NDC913　199 ページ　20cm　ISBN 978-4-251-07306-8 ©A.Kusunoki, M.Tomii 2017　Printed in Japan
乱丁・落丁本はおとりかえいたします。定価はカバーに表示してあります。　https://www.akaneshobo.co.jp